KB025007

낭송

충청북도의 옛이야기

이 책은 한국학중앙연구원(www.aks.ac.kr)이 설화, 민요, 무가 등의 구비문학 자료를 수집정리하여 출간한 '한국구비문학대계' 85권 가운데 『한국구비문학대계 3-1 충청북도 충주·중원군편』, 『한국구비문학대계 3-2 충청북도 청주시·청원군편』, 『한국구비문학대계 3-3 충청북도 단양군편』, 『한국구비문학대계 3-4 충청북도 영동군편』에서 풀어 읽은이가 선별하여 내용을 추리고 낭송에 적합하도록 윤문한 것으로, 한국학중앙연구원의 저작물 이용 허락을 받았습니다.

낭송Q시리즈 민담·설화편 낭송 충청북도의 옛이야기

발행일 초판1쇄 2018년 1월 17일(丁酉年 癸丑月 己酉日) | **풀어 읽은이** 안은숙 |
펴낸곳 북드라망 | **펴낸이** 김현경 | **주소** 서울시 종로구 사직로8길 24 1221호(내수동, 경희궁의아침 2단지) |
전화 02-739-9918 | **이메일** bookdramang@gmail.com

ISBN 979-11-86851-70-8 04810 979-11-86851-49-4(세트) | 이 도서의 국립중앙도서관 출판시도서목록(CIP)은 서지정보유통지원시스템 홈페이지(http://seoji.nl.go.kr)와 국가자료공동목록시스템(http://www.nl.go.kr/kolisnet)에서 이용하실 수 있습니다.(CIP제어번호: CIP2017034800) | 이 책은 지은이와 북드라망의 독점계약에 의해 출간되었으므로 무단전재와 무단복제를 금합니다. 잘못 만들어진 책은 서점에서 바꿔 드립니다.

책으로 여는 지혜의 인드라망, 북드라망 www.bookdramang.com

낭송
Q
시리즈

민담·설화편

06

낭송 충청북도의 옛이야기

안은숙
풀어
읽음

忠清北道

티

▶낭송Q시리즈 민담·설화편 『낭송 충청북도의 옛이야기』 사용설명서◀

1. '낭송Q'시리즈의 '낭송Q'는 '낭송의 달인 호모 큐라스'의 약자입니다. '큐라스'(curas)는 '케어'(care)의 어원인 라틴어로 배려, 보살핌, 관리, 집필, 치유 등의 뜻이 있습니다. '호모 큐라스'는 고전평론가 고미숙이 만든 조어로, 자기배려를 하는 사람, 즉 자신의 욕망과 호흡의 불균형을 조절하는 능력을 지닌 사람을 뜻하며, 낭송의 달인이 호모 큐라스인 까닭은 고전을 낭송함으로써 내 몸과 우주가 감응하게 하는 것이야말로 최고의 양생법이자, 자기배려이기 때문입니다(낭송의 인문학적 배경에 대해 더 궁금하신 분들은 고미숙의 『낭송의 달인 호모 큐라스』를 참고해 주십시오).

2. 낭송Q시리즈는 '낭송'을 위한 책입니다. 따라서 이 책은 꼭 소리 내어 읽어 주시고, 나아가 짧은 구절이라도 암송해 보실 때 더욱 빛을 발합니다. 머리와 입이 하나가 되어 책이 없어도 내 몸 안에서 소리가 흘러나오는 것, 그것이 바로 낭송입니다. 이를 위해 낭송Q시리즈의 책들은 모두 수십 개의 짧은 장들로 이루어져 있습니다. 암송에 도전해 볼 수 있는 분량들로 나누어 각 고전의 맛을 머리로, 몸으로 느낄 수 있도록 각 책의 '풀어 읽은이'들이 고심했습니다.

3. 최고의 양생법이자 새로운 독서법으로서의 '낭송'을 처음 세상에 알린 **낭송Q시리즈의 시즌 1**은 **동청룡·남주작·서백호·북현무편**으로 이루어져 있으며, 사계절의 기운을 담고 있는 것을 특징으로 합니다. 동청룡편에는 봄의 창조적 기운, 남주작편에는 여름의 발산력과 화려함, 서백호편에는 가을의 결단력, 북현무편에는 지혜와 상상력을 키울 수 있는 고요함을 품은 고전들이 속해 있습니다. 각 편 서두에는 판소리계 소설을, 마무리에는 네 편으로 나눈 『동의보감』을 하나씩 넣었고, 그 사이에 유교와 불교의 경전, 동아시아 최고의 명문장들을 배열했습니다.

▷ <u>동청룡</u>: 『낭송 춘향전』, 『낭송 논어/맹자』, 『낭송 아함경』, 『낭송 열자』, 『낭송 열하일기』, 『낭송 전습록』, 『낭송 동의보감 내경편』

▷ <u>남주작</u> : 『낭송 변강쇠가/적벽가』, 『낭송 금강경 외』, 『낭송 삼국지』, 『낭송 장자』, 『낭송 주자어류』, 『낭송 홍루몽』, 『낭송 동의보감 외형편』

▷ 서백호 : 『낭송 흥보전』, 『낭송 서유기』, 『낭송 선어록』, 『낭송 손자병법/오자병법』, 『낭송 이옥』, 『낭송 한비자』, 『낭송 동의보감 잡병편 (1)』

▷ 북현무 : 『낭송 토끼전/심청전』, 『낭송 도덕경/계사전』, 『낭송 대승기신론』, 『낭송 동의수세보원』, 『낭송 사기열전』, 『낭송 18세기 소품문』, 『낭송 동의보감 잡병편 (2)』

4. **낭송Q시리즈 시즌 2**는 고전과 몸 그리고 일상이 조화를 이루는 훈련으로서의 낭송에 초점을 맞추었습니다. **샛별편**에는 전통시대의 초학자들이 제일 먼저 배우며 가장 오래도록 몸과 마음에 새겨놓은 고전을 담았고, 원문으로 읽는 **디딤돌편**은 몸으로 원문의 리듬을 익혀 동양 고전과 자유자재로 접속할 수 있는 힘을 키울 수 있도록 했습니다. 또 **조선왕조실록편**은 역사 속 인물과 당대의 일상을 생생하게 느낄 수 있도록 실록에서 기사들을 가려 모았습니다.

▷ 샛별편: 『낭송 천자문/추구』, 『낭송 명심보감』, 『낭송 격몽요결』

▷ 원문으로 읽는 디딤돌편: 『낭송 대학/중용』

▷ 조선왕조실록편: 『낭송 태조실록』, 『낭송 태종실록』, 『낭송 세종실록』, 『낭송 성종실록』

5. **민담·설화편**은 낭송Q시리즈 시즌 2의 연장으로, 입에서 입으로 전해지는 낭송의 진수를 보여 주는 **우리나라 각 지역의 옛날이야기들을 모았습니다**. 낭송을 통해 잊혀져 가는 우리의 옛이야기를 모든 세대가 공유했으면 하는 소망과 서로 옛이야기를 들려주고, 호응하며 자연스레 소통의 방법을 터득했으면 하는 바람을 민담·설화편에 담았습니다. 또한 맛깔나고 정감 있는 각 지역의 사투리를 살려 낭송의 맛을 더했습니다. 경기도와 경상남북도, 제주도, 충청남북도의 옛이야기들에 이어 강원도와 전라도, 서울 지역의 옛이야기들이 다음 순서를 기다리고 있습니다.

6. 낭송Q시리즈 민담·설화편 『낭송 충청북도의 옛이야기』는 『한국구비문학대계』 충청북도 충주시·중원군, 청주시·청원군, 단양군, 영동군 편을 대본으로 하여 풀어 읽은이가 그 편제를 새롭게 해서 각색하고 엮은 것입니다. 단, 각 이야기의 출처 지역은 행정구역의 변동 등으로 분명치 않은 곳이 있어 『한국구비문학대계』에 표기된 지역을 그대로 따랐습니다.

차례

낭송
충청북도의 옛이야기

2부

에헤라, 복이로구나! 47

3부

동물과 사람들이 얽혀 사는 이야기 81

忠淸北道

4부

5부

6부

忠清北道

낭송
충청북도의
옛이야기

머리말

고갯길 따라 물길 따라 넘쳐나는 이야기

1. 옛이야기의 힘

나는 충청도에서도 아주 깊은 산골 출신이다. 형제 많은 집의 막내였던 나는 할머니와 한 방을 쓰면서 저절로 할머니의 말동무가 되었다.

초등학교 4학년 즈음이다. 장기자랑이 열리면서 내 차례가 되었다. 별다른 장기도 없고 수줍음이 많았던 나는 어정쩡하게 친구들 앞에 서 있을 수밖에 없었다. 창피했지만 피할 수도 없는 상황이라 용기 내어 조심스럽게 할머니께 들었던 옛이야기를 들려주었다. 이상하게도 친구들이 내 이야기에 쏙 빨려 들었다. 그날 나는 집에 돌아가자마자 할머니께 달려가 옛이야기를 해달라고 졸랐다. 다음에 있을 장기자랑에 대비하기 위해서였다. 할머니께 들은 이야기들은 내 머릿속에서 온갖 형상으로 살아 움직였다. 여우가 사람으로 둔갑을 하고, 귀신들이 제삿밥을 먹는 등. 할머니의 옛이야기는 무궁무진하고 재밌었다. 나는 이렇게 내 머릿속에서 살아 움직이는 이야기를 친구들에게 잘 들려주었고 인기 짱이 되었다. 할머니께 들은 이야기로 생애 최고의 인기를 누렸던 것이다. 옛이야기는 그렇게 수줍기만 했던 나의 말문을 트이게 했고, 할머니와도 더욱 친밀하게 해주었다. 하지만 도시로 나와 학교를 다니고 어른이 되어 가면서 옛이야기도, 할머니에 대한 추억도 점점 잊혀졌다.

2016년,『낭송 충청북도의 옛이야기』 작업을 시작하면서 할머니에 대한 추억과 옛이야기들이 다시 살아나기 시작했다.『한국구비문학대계』에는 이야기가 무궁무진했다. '해와 달이 된 오누이', '선녀와 나무꾼'과 같은 유명한 이야기뿐만 아니라 할머니로부터 들었던 옛날이야기들이 그곳에 다 들어 있었다. 다시 나의 말문이 트였다. 재미있는 이야기를 보면 말하고 싶어졌고 실제로 사람들에게 들려주기도 했다. 누군가 내 말을 잘 들어주고 즐거워하는 것을 보면 더욱 신이 났다. 하면 할수록 더 하고 싶어졌다. 옛이야기에는 말문을 트게 하고 잘 듣게 하고 더 말하게 하는 힘이 있다.

낭송집 작업에 본격적으로 들어가면서 점점 더 옛이야기에 빠져들었다. 곰방대 하나로 호랑이를 잡는가 하면 엉뚱한 말로 중국 사신을 되돌려 보낸 떡보 총각 이야기 등 현실과 비현실을 종횡무진 하는 옛이야기 속 주인공들의 활약이 재미있었다. 그들의 익살스러운 행동에 절로 웃음이 나왔다. 할머니의 이야기가 숫기 없던 어린 시절의 나를 명랑하게 했듯, 지금 만난 옛이야기 역시 나를 가볍고 명랑하게 해 주었다. 이런 게 옛이야기의 힘이 아닐까.

이야기를 모으면서 나는 옛이야기에 복 받는 내용이 많다는 것에 눈이 갔다. 그리고 복은 타고나기도 하지만 스스로 불러들이기도 한다는 것에 또 흥미가 생겼다. 복을 타고난 사람보다 자기가 자기 복을 짓는 주인공들이 많았다는 얘기다. 예를 들면 이렇다. '복을 부른 장기 두기, 복을 내친 장기 두기' 이야기에서 나무꾼은 장기를 두는 내내 노인을 웃게 만든다. 적당히 이기기도 하고 져주기도 하면서 장기를 즐겼다. 이기기 위한 장기를 둔 것이 아니라 서로서로에게 즐거운 놀이를 했던 것이다. 그리고 그렇게 재밌게 논 것이 복을 불러왔다. 잘 노는 나무꾼의 존재 자체가 복을 지은 것이다. 하지만 나무꾼의 친구는 달랐다. 그의 불타는 승부욕은 장기판을 치열한 내기판으로 만들었다. 놀이가 아니었다. 노인은 한 번도 웃지 못했다. 나무꾼 친구는 결국 모진 매를 맞고 쫓겨날 수밖에 없었다. 복이든 화든 사람의 태도에 따라 다르게 온다는 걸 알 수 있는 대목이다.

복 짓는 사람들의 공통점은 또 있다. 그들은 아무리 자기 사정이 어려워도 타인의 고통을 보면 그냥 지나치지 못한다. 공감 능력이 탁월하다. 남의 일을 내 일처럼 여기는 마음—이 공감 능력이 타인을 살리고 자기 복을 불러오기도 한다. 옛이야기에는 이처럼 세상을 살아가는 근본 이치가 고스란히 담겨 있다. 이치를 알면 힘든 세상을 살아가는 데 큰 힘이 된다. 옛이야기의 힘도 그렇다.

2. 이야기가 넘나드는 충북의 고갯길들

충북에는 소백산맥, 차령산맥, 노령산맥 등 크고 작은 산들이 줄지어 있고, 이 산줄기에는 높고 낮은 고개들도 많다. 고개는 서로 다른 지역을 연결해 준다. 충북의 고개들은 남부지방, 특히 경상도 사람들이 한양으로 오고 가는 길목이었다. 단양의 죽령, 괴산의 계립령, 충주의 조령, 영동의 추풍령과 괘방령 등이 그렇다. 험한 산길은 혼자 넘기 힘들다. 길을 잃을 수도 있고 도적과 산짐승들을 만날 수도 있기 때문에 여럿이 모여 함께 넘어야 했다. 이렇게 사람이 모이는 곳에는 이야기도 흘러넘치는 법. 길에서 만나 풀어놓는 이야기는 이 고을 저 고을로 넘나든다.

고갯길뿐이랴. 물길 또한 이야기를 싣고 나른다. 남한강 물길은 한강으로 흐르고 금강 물길은 서해바다로 흘러간다. 그래서인가 충청도 옛이야기에서 함경도나 합천 그리고 평양 등의 지역 이야기가 섞여 있는 게 이채로웠다. 물길 따라 주고받은 이야기가 충북 곳곳으로 넘나든 흔적이리라.

고갯길 따라 물길 따라 이야기가 흘러 들어오니 충북이라는 지역에 한정되기보다는 여러 지역을 배경으로 한 이야기도 많고, 전국적인 분포의 이야기도 많은 편이다. 충북의 지역성 혹은 고유성이 도드라지는 이야기는 다른 지역에 비해 적다고 할 수 있다. 그러나 어쩌면 다른 지역을 배경으로 한 이야기들이 많다는 게 고갯길과 물길이 발달한 충북의 특성인지도 모르겠다.

충북의 옛이야기에도 다른 지역과 마찬가지로 이인異人: 재주가 신통하고 비범한 사람, 효, 풍수에 관한 이야기가 많았다. 이런 주제는 충북의 고갯길과 물길 때문에 흘러온 이야기라기보다는 전국적인 분포를 가진 단골메뉴이다. 아마도 옛사람들이 가장 궁금해하며 관심을 가졌던 문제였기 때문일 것이다. 그 중에서 효와 풍수에 관한 이야기는 경상남도와 충청남도 편 낭송 옛이야기 책에 이미 수록되었기 때문에 『낭송 충청북도의 옛이야기』에서는 수록하지 않았다.

이 책은 총 6부로 구성되어 있다.

1부는 신이한 능력을 가진 사람들의 이야기를 모았다. 신이한 능력이라고 하면 왠지 특별한 사람만이 가지고 있을 것 같은 생각이 든다. 하지만 여기에 나오는 주인공들은 나와 같은 평범한 사람들이었다. 그들은 자신의 능력을 과시하지 않았고 그 능력을 이용하여 무언가를 얻으려 욕심내지도 않았다. 그들은 능력을 꼭 필요할 때가 아니면 함부로 쓰지도 않는다. 예를 들어, 새소리를 알아듣고 갔다가 살인 누명을 쓴 형제들이나 힘이 센 게 들통나 도망가야 하는 며느리처럼 자신에게 닥친 위기를 모면할 때만 사용된다. 또 삼천 년을 살았다는 동방삭 이야기는 장수를 하고 싶은 사람들의 마음이 해학적으로 그려져 있다.

2부에는 복에 대한 이야기를 모았다. 다른 사람 말을 잘 들어서 복을 받거나 공을 들이고, 제사를 잘 지내서 복 받는 이야기 등이다. 그들은 한결같은 마음으로 정성을 들인다. 결과가 어떻든 괘념치 않는다. 그냥 믿고 정성을 들일 뿐이다. 또한 그들은 언제 어디서나 타인의 말을 귀 담아 듣는다. 그러고는 아무런 의심 없이 행동으로 옮긴다. 그런 과정에서 복은 저절로 굴러 오게 된다.

3부는 동물과 사람이 엮어 가는 이야기를 모았다. 소, 닭, 참새, 우렁이, 호랑이와 같은 동물들이 등장한다. 그 중에서도 호랑이에 얽힌 이야기가 많았다. 이는 예전에 우리나라에 얼마나 호랑이가 많았는지, 또 그로 인한 호환이 얼마나 흔했는지 알 수 있는 대목이다. 3부에서 등장하는 동물들은 주로 사람에게 보은하는 존재들이다. 사람과 동물이 서로 도와가며 어울려 살았던 옛사람들의 모습이 보였다.

4부는 지혜, 재치, 꾀를 써서 문제를 해결하는 이야기들이 모아져 있다. 우리는 살면서 종종 어려운 일에 부딪힌다. 이럴 때 무엇보다 필요한 게 지혜, 재치, 꾀가 아닐까. 옛이야기 속 주인공들은 힘센 사람이나 가진 자들의 횡포에 지혜롭게 대처한다. 돈만 탐내는 양반을 골려주고, 불효자를 효자로 변화시키는 등의 이야기가 그러하다. 그 과정에 세태를 꼬집는 풍자와 해학이 많이 녹아 있다.

5부는 한바탕 시원하게 웃을 수 있는 이야기를 모았다. 여기에는 어리석은 사람들의 이야기가 많다. 소의 짐을 덜어주겠다며 짐을 나누어 지고 소 등에 올라탄 소금장수 이야기, 장가간 첫날밤부터 신부를 한숨 짓게 하는 바보 신랑 이야기 등이다. 바보 같은가 하면 능청맞고, 어리석은가 하면 엉뚱한 행동에서 웃음이 절로 나온다.

6부는 고개를 넘나들며 생겨난 이야기와 유래담을 모았다. 충북에 고개가 많아서 그런지 고개에 얽힌 전설과 유래, 도적에 관한 이야기가 많았다. 이야기를 모으다 보니 내가 알고 있거나 한 번쯤 가본 곳이 이야기의 현장이 되는 게 신기했다. '전설 따라 삼천 리'가 따로 없었다. 유래담 또한 흥미로웠다. 동물의 울음소리가 본관인 성씨도 있다는 것, 새의 이름이 붙은 유래에도 여러 버전이 있다는 걸 알게 되었다. 세상 어느 것 하나 그냥 이름 붙여진 것이 없었다.

또한 지나가는 과객들을 괴롭히던 도적에게 원수를 갚는 이야기도 있었고, 먹고 살기 힘들어서 어쩔 수 없이 도적이 된 사람들의 이야기도 있었다. 그밖에도 과거 길에 울고 웃는 선비들, 등짐 지고 오가는 장사치 등 고개마다 굽이마다 사연은 많고도 많았다.

3. 낭송은 복을 짓는 일이다

내가 공부하는 해인네(해성인문학네트워크: 청주에 있는 공부공동체)에서는 매년 4월이면 낭송페스티벌 충청 예선전이 열린다. 예선을 거쳐 본선에 오른 팀은 대형버스를 타고 감이당 낭송페스티벌에 참가한다. 전국 유일의 낭송버스다. 청주에서 서울까지는 2시간이 조금 넘는 길이다. '지루하지는 않을까? 잠이나 자면서 가야지'라고 생각한다면 오산이다. 아이들과 어른들을 태운 버스에는 오고가는 내내 낭송 소리가 끊이질 않는다. 한 팀씩 주거니 받거니 하는 낭송은 자연스럽게 배틀로 이어진다. 버스 안이 낭송 놀이판으로 변한다. 어른 아이 할 것 없이 서로의 낭송 소리에 귀 기울이는 걸 보면 신기하기 짝이 없다.

연암 박지원이 그랬던가. "세상에서 가장 아름다운 소리가 아이들의 책 읽는 소리"라고! 나도 낭송버스에서 그 말을 실감할 수 있었다. 자연스럽게 리듬을 만들어 내는 아이들의 낭송 소리는 정말 듣기 좋았다. 뿐만 아니라 한바탕 낭송이 끝나고 나면 사람들은 더욱 친해져 있다. 이렇게 우리는 낭송 하나로 통通하며 즐거워했다. 그래서 낭송의 장은 또한 소통의 장이 되는 것이다. 우리의 낭송버스가 그렇듯이.

옛이야기도 그렇다. 이야기는 혼자서 할 수 없다. 여럿이 모여 주고받을 때 더욱 재미있다. 하여 옛이야기를 들려주는 데도 낭송이 제격이다. 그런데 낭송은 암송이 기본이다. 소리 내어 읽고 외우다 보면 그 글이나 말 속에 들어 있는 지혜가 생생하게 다가온다. 이야기는 오랜 세월 동안 입에서 입으로 전해져 내려왔다. 구술되는 과정에서 자연스럽게 리듬과 운율이 생겨났다. 그리고 세상사 온갖 이야기들이 그 리듬과 운율 속에서 실감나게 살아난다. 말하자면 스토리와 리듬과 운율이 있어 들었을 때 이해도 쉽고 다른 사람에게 전달하기도 쉽다는 얘기다.

이런 옛이야기에 담겨 있는 삶의 지혜는 과연 어떤 것일까. 세상을 이치대로 살아가는 것, 그러다 보면 우리가 그토록 원하는 복을 받게 된다는 단순한 이치. 그게 옛사람들의 지혜가 아닐까. 그걸 잘 보여 주는 게 옛이야기 속 주인공들이다. 그들에게 배우는 복을 짓는 태도! 이것이 우리가 배울 공부일 것이다. 옛이야기를 낭송하다 보면 몸에 스며든 옛 지혜가 지금 우리 삶의 순간 순간에 저절로 튀어나오게 될 테니까. 그러니 낭송을 하는 그 자체가 복을 짓는 일이 아닐 수 없다.

1부

신이한 능력을 가진 사람들

1-1. 황희 정승의 사위가 된 비범한 총각

옛날 황희 정승이 벼슬에서 물러나 있을 때였어. 중국에서 작은 함을 조선에 보내 그 속에 무엇이 들었는지 알아맞히라는 거야. 함을 열어 보지도 않고 그 속에 뭐가 들었는지 알 수가 있나.

임금님은 조정 대신들을 전부 모아 놓고 고민하는데, 한 대신이 말했어.

"황희 정승께 함을 보내시는 게 어떠하신지요. 그 양반은 도덕이 높고 유식한 어른이니 알 것입니다."

"그거 좋은 생각이로구나. 당장 보내거라."

함을 받아 든 황희 정승은 먹는 것도 잊고 골똘히 생각했어.

'이걸 모르면 조선이 망신을 당할 텐데…. 이 일을 어떡하면 좋을꼬.'

그때 길을 가던 젊은 총각이 찾아왔어.

"주인어른 계세유? 지가 하룻밤 묵어 가도 되겄습니까?"

"들어오라."

총각과 마주 앉은 황희 정승은 답답했던 마음에 함을 내보이며 말했어.

"대국 천자가 조선에 이인異人: 재주가 신통하고 비범한 사람이 있나 없나 보려고 함을 보냈는데 저 속에 뭐가 들었는지 그걸 모르겠구나!"

"그걸 뭘 모른대유?"

"그래? 이 함 속에 뭐가 들었는지 자네는 알겠나?"

"지가 알려 드리면 지를 사위 삼으실랍니까?"

허 참, 이 총각 말이 참으로 맹랑해. 황희 정승이 가만히 생각해 보니 딸 하나 아끼려다 나라 망신시키면 안 되겠거든.

"그러면야 내가 사위 삼지."

"그러믄 먼저 혼례를 올려 주세유."

황희 정승은 딸을 총각에게 시집보냈어. 혼례 다음 날 아침 문안을 드리려고 사위가 찾아왔을 때였어.

"이제는 함 속에 뭐가 들었는지 말해 보거라."

"예, 지필묵을 내어 주세유."

총각은 종이 위에 글을 써 내려갔어.

'단단석중물斷斷石中物, 반백반황금半白半黃金.

야야지시명夜夜知時鳴, 함정미토음含情未吐音.'

황희 정승은 글을 받아 읽었어.

"단단한 돌 속의 물건은 반은 흰색이고 반은 황색이라.

밤마다 시간을 알고서 울지만 함정 속에 들었으니 소리를 토하질 못하는구나!"

글을 보고 곰곰이 생각하던 황희 정승은 무릎을 탁 쳤어.

'옳거니, 달걀이로구나! 달걀이야.'

황희 정승은 곧바로 임금님께 답변을 올렸어.

"과연 황정승이로구나!"

임금님은 기뻐하며 함을 다시 중국 천자에게 보냈지. 천자가 말하더래.

"아하, 조선에도 이인이 있구나!" _ 단양군 단양읍

1-2. 앞일을 잘 보는 이서구

양강면 고산에 이서구라는 새 원님이 내려왔어. 그런데 오자마자 이방을 보더니 쫓아냈단 말이지. 대개는 그 지방의 실정을 잘 알고 있는 이방을 옆에 두고 일하는데 말이야. 이유도 모르고 쫓겨난 이방은 새 원님을 원망했지만 어쩔 수 있나! 하릴없이 돌아다니다 군산까지 가게 됐어. 해변을 돌고 있는데 한 무더기의 사람들이 모여 웅성웅성 떠들고 있는 거야.

"거, 뭔 일이래유?"

"아 긍깨, 이 인어를 팔아 쓸까 어쩔까 의견을 내는 중이제."

"그래유? 어디 봐유. 듣던 대로 다리는 물고기요, 얼굴은 사람이라! 이걸 내가 사면 어떻겠소?"

이방은 가지고 있는 돈을 탈탈 털어 인어를 사서 바다에 풀어주었어. 인어는 빙글빙글 돌더니 물속으로 쑥 들어갔어. 이튿날 이방이 바닷가를 걷고 있는데 인어가 불쑥 솟아나와 은술잔 하나를 놓고 간단 말이지. 이방은 은술잔을 들고 집으로 돌아왔어.

그런데 깜짝 놀랄 일이 생겼어. 이방이 책상 위에 놓고 나간 은술잔 안에 돈이 가득 담겨 있는 거야. 그 뒤로 은술잔을 비우기만 하면 순식간에 돈이 가득 찬단 말이지! 사람들은 세상 큰 부자가 났다고 야단이야. 이 소문이 퍼져 새 원님도 알게 되었어. 새 원님은 이방을 찾아갔어.

"그동안 내 원망을 많이 했겠지? 내가 너를 붙들어 두고 있으면 너는 평생 이방 노릇밖에 못했을 것이다. 지금 이것은 하늘이 너에게 준 복이고 그 복을 돌려줄 때가 되었다."

"무슨 말씀이신지유?"

"너에게 인어가 준 은술잔이 있지 않느냐?"

"예 있습쥬."

"그 은술잔은 본디 용왕의 것인데, 인어가 너의 은혜에 보답하고자 훔쳐다 준 것이니라. 은술잔을 돌려주지 않으면 우리 마을은 전부 바다가 될 것이다. 너는 이제 재물도 얻었으니, 은술잔을 도로 바다에 던져 놓고 오너라."

"예? 알겠습니다. 원님께서는 참으로 명인이시구먼유."

이방은 은술잔을 되돌려 주었고 사람들에게 재물을 베풀며 잘 살았다고 해. 이방이 큰 복을 받을 사람인 줄 알아본 원님 이서구는 지혜로운 명인으로 두고두고 칭송을 받았지._ 영동군 양강면

1-3. 그림으로 마술 부리는 김씨

옛날 어느 마을에 부자인 김씨와 가난한 이씨가 살았어. 둘은 아래윗집에 살면서 아주 친하게 지냈지. 가난한 이씨는 부자인 김씨를 항상 부러워했어. 그러던 어느 날 저녁, 이씨가 파초 두 묶음을 가지고 김씨를 찾아왔어.

"자네, 이거 좋아하지? 두었다 피우게."

"아이구, 이런 게 워디서어디서 났어? 고맙네."

담배가 귀한 시절에는 파초를 말아 담배처럼 피웠대. 김씨는 파초를 벽장에 넣었어. 그것을 본 이씨가 머뭇머뭇하며 말했어.

"자네허구 나허구 가장 친한 친구 아닌가. 그런데 자네는 부자로 잘사는디…. 날 좀 도와주게. 응?"

"자네 그런 소리 하려구 파초를 가져왔나? 그럼 도로 가지고 가게나!"

"미안혀. 하지만 내가 오죽 답답하믄 이러겠능가!"

김씨는 한숨을 푹 내쉬더니 종이를 펼쳐 까마귀 한 마리를 그려 이씨에게 주면서 말했어.

"이거 자네 집 벽장 안에다 붙이구, 까마귀 주둥이 앞에다 복시통모이통을 놓게. 그리구 하루 꼭 세 번씩만 열어 보게."

"암만, 뭔지 모르지만 자네가 하라는 대로 하겠네."

집으로 돌아온 이씨는 김씨가 말한 대로 했어. 다음 날 아침, 벽장문을 열어 본 이씨는 복시통 안에 엽전 한냥이 들어 있는 걸 보고 깜짝 놀랐어. 이씨는 그 돈으로 쌀을 사 먹었어. 점심 때가 되어 또 벽장문을 열었지. 이번에도 복시통 안에 엽전 한냥이 있더래. 저녁 때에도 다음 날에도 또 그 다음 날에도 복시통에는 꼭 엽전 한냥씩이 있더란 말이지.

'야, 이거 신기한 일이로구나! 벽장문만 열면 돈이 나오는데 하루에 세 번만 열어서 언제 부자가 되겠어!'

욕심이 난 이씨는 하루에도 수없이 벽장문을 열고 닫았지. 그렇게 며칠을 했더니 돈이 방 한가득 쌓였어. 이씨는 금세 부자가 됐어. 그런데 이씨의 방에 돈이 쌓일 때마다 나라 금고의 돈이 자꾸 사라지는 거야. 도둑도 들지 않았는데 돈이 사라지니 큰일이지. 금고지기는 임금님께 이 사실을 알렸어.

"임금님, 나라 금고의 돈이 사라지고 있습니다. 출입하는 사람은 없는데, 이상하게도 까마귀만 왔다 가면 돈이 사라집니다."

"뭐라? 그럼, 천리마를 내줄 테니 그 까마귀가 어디로 가는지 알아 오너라."

금고지기가 까마귀를 쫓아 간 곳은 이씨네 집이었어. 금고지기는 이씨의 집에 많은 돈이 쌓여 있는 걸 이상하게 생각했지. 그래서 이씨를 관가로 잡아들여 돈을 어떻게 모았나 추궁했어.

"잘못했구먼유. 지는 다만 벽장문을 열고 닫았을 뿐입니다."

"이런 못된 놈! 벽장문을 연다고 어찌 돈을 모을 수 있느냐?"

"아니구먼유. 제 친구가 그려 준 까마귀 그림을 벽장 안에 붙이고 복시통을 까마귀 주둥이 앞에 놓았다 벽장문을 열면 돈이 한냥씩 나옵니다."

"그래? 그럼 까마귀 그림을 그려 준 놈 이름을 당장 대렷다!"

얼마 후 김씨도 끌려와 옥살이를 하게 되었지. 둘은 나랏돈을 훔친 도둑으로 사형에 처해지게 되었어. 사형 날이 가까워지자 김씨는 감옥지기를 불러 종이와 붓을 가져다 달라고 했어. 김씨는 종이에 첩첩 산과 산속으로 난 작은 길, 나귀 두 마리를 그렸지. 그러고는 이씨의 상투를 잡아채며 말했어.

"이 자슥아! 너 여기 있으면 금방 죽어. 나와 가자!"

둘은 그림 속에 있는 나귀를 타고 첩첩산중으로 들어갔어. 그림 속에 있는 산이 어디인 줄은 아무도 모른대. 그래서 지금까지도 못 찾았대. _ 청주시 미원면

1-4. 유비무환, 전쟁을 승리로 이끈 며느리

옛날에 어느 정승 가문에서 며느리를 얻었어. 그런데 이 며느리는 시집오던 날부터 잠만 자더래. 몸종이 밥을 해다 주면 먹고 자고, 빨래를 해다 주면 입고 자고, 삼 년을 그렇게 드러누워 잔단 말이야. 시부모는 이제나 일어날까, 저제나 일어날까, 노심초사 했지. 더 이상 참지 못한 대감이 말했어.

"사람이 하루이틀도 아니고 삼 년 동안 잠만 자니 더 이상 그 꼴은 못 보겠다! 어서 짐을 싸서 너희 집으로 가거라!"

"아부님, 제가 쫓겨 가는 것은 원통치 않으나 소원 하나만 들어주셔유."

"대체 무슨 소원이냐?"

"어느 밭이구 석 달 열흘 동안 갈 수 있는 넓은 밭을 주시유. 그러고 박씨 열닷 섬을 구해 주셔유."

대감은 속는 셈치고 며느리의 소원을 들어주었어. 며느리는 일꾼들을 모아 박씨를 나눠 주며 말했지.

"이 박씨를 가지고 가서 바가지 몇 통만 가지고 오구 다 부쳐 먹어라."

일꾼들은 다 좋아하지. 삼천 리 정도 되는 넓은 밭을 맘껏 농사 지으라니 말이야. 대감은 며느리가 하는 일이 이상했지만 지켜보기로 했어. 하루는 며느리가 또 말을 했어.

"아부님, 무쇠 몇 만 근을 모아 주셔유."

그래서 또 무쇠 몇 만 근을 모아 줬지. 그랬더니 무쇠를 모두 녹여 커다란 솥을 만드는 거야. 그러고는 아녀자들을 불러 모아 누에고치를 몇 만 관 모으더래. 그걸 종과 일꾼들을 시켜 큰 무쇠 솥에 삶기 시작했어. 삶아 낸 누에고치를 발로 밟아 놓고 아녀자들이 죽 둘러앉아 실을 뽑는데 실이 아주 튼튼하거든. 그 실로 뭘 할지 대감이 유심히 지켜보니까 투구와 갑옷을 만들어 놓더래.

그 사이 아들은 벼슬을 얻어 장수가 되었어. 그런데 나라에 전쟁이 나서 전쟁터로 나가야 했지. 그러던 어느 날 며느리가 우물에 갔는데 그곳에 살기가 가득한 거야.

'서방님이 진중에 갇혔구나!'

며느리는 곧장 방으로 달려가 갑옷으로 갈아입었어. 그러고는 화초 세 쌍을 가지고 말을 타고 전쟁터로 갔지. 남편의 군대는 전쟁에 패해 거의 몰살당할 지경이었어. 며느리는 가지고 온 화초를 남편과 말에게 한 쌍씩 먹이고 자기도 먹었어. 그러자 죽을 것 같던 남편과 말이 다시 살아나 기운이 펄펄 나는 거야. 남편을 살려 집으로 돌아온 며느리는 병사를 모으기 시작했어. 금세 몇 천 명의 병사들이 모였어. 그동안 며느리에게 덕을 본 사람들이 모여든 거지. 며느리가 말했어.

"곳간에서 군량미를 내오너라."

사람들이 쌀을 가져다 밥을 했어. 그런데 밥 퍼 먹을 그릇이 없는 거라. 며느리가 또 말했어.

"곳간에서 바가지를 가져오너라."

며느리는 바가지에 담긴 밥을 병사들에게 가져다주었어. 며느리의 도움을 받아 사기가 오른 병사들은 전쟁에서 승리했지. 그래 사람들이 며느리를 칭찬하는 말이 온 나라에 자자하더래._ 충주시 안림동

1-5. 힘 센 며느리

어느 시골 마을에서 벼 타작을 한창 할 때 있었던 일이야. 그날도 일꾼들은 어느 집 벼 타작을 저녁 늦게까지 했어. 연일 계속되는 농사일에 몹시 지친 일꾼들은 벼 가마니를 광으로 옮길 힘조차 없었지. 일꾼들은, "그만 낼 새벽에 개리자가리자" 하며 타작한 벼 가마니를 마당에 쌓아 두고 모두 들어갔어. 다음 날 아침 일찍 마당으로 나온 일꾼들은 깜짝 놀랐어.

"누가 이리 개렸을까? 이래 힘 센 사람이 다 있나?"

마당에 있던 벼 가마니가 모두 광에 차곡차곡 쌓여 있는 거야. 이걸 이상하게 생각한 일꾼들은 그날 타작한 벼를 마당에 쌓아 놓고는 숨어서 지켜보기로 했지. 한밤중이 되어 달이 뜨자 새며느리가 나오더니 공깃돌 들 듯 벼 가마니를 번쩍번쩍 들어 나르는 거야. 놀란 일꾼들이 소문을 냈어.

"뉘 집 며느리는 참 힘이 세다."

그 소문이 한양까지 퍼져 임금님도 듣게 되었어.

"여자 힘 센 거 놔두면 그거 못 쓴다. 잡아 올려라."

아무 날 며느리를 잡으러 온다는 소문이 파다했어. 그 소문을 들은 며느리가 시아버지에게 말했지.

"지가 공연한 짓을 해 가지고 그런 사고가 났으니 피신을 갈라요. 소에다 양석양식 좀 실어 주시오. 소를 몰고 깊은 산중으로 들어가 버리면 잡아갈 사람이 있겠음요."

"그럼 그래라."

시아버지는 소에다 쌀 한 가마니와 돈, 옷을 실어 주었어. 며느리가 소를 몰고 산중으로 도망을 가는데 큰 재산고개가 있는 거야. 재 밑에 가니 이 소가 가들 안 해. 짐이 무거우니 갈 수가 있나. 며느리가 소 엉덩이를 때려 보고, 앞에서 끌어 보고, 뒤에서 밀어 봐도 소는 꿈쩍도 안 하거든. 애가 단 며느리는 팔을 걷어붙이고 소를 번쩍 들어 머리에 이었어. 소는 깜짝 놀라 허공에서 발버둥만 쳤지. 재를 넘어선 며느리는 소를 내려놓았어. 한참을 가다 보니 또 재가 나왔어. 소가 다시 주춤거리더래. 며느리는 소를 머리에 이는 시늉을 하며, "이놈의 소야! 이랴? 또 이랴?" 그러자, 소는 정신이 바짝 들었는지 며느리 말을 잘 들었어. 그때부터 소를 부릴 때 '이랴!'라고 하면 소가 말을 잘 듣는다고 해. _ 충주시 안림동

1-6. 반쪽이 이야기

무쇠주먹 반쪽이

옛날 어느 마을 시냇가에서 한 부인이 빨래를 하고 있었어. 그때 지나가던 스님이 그 부인에게 참외 세 개를 주면서 말했지.

"먹다가 남거들랑 잘 두시오."

빨래를 다 한 부인이 허기가 져 참외 두 개를 먹고, 세 개째 먹는데 배가 불러 못 먹겠거든. 먹다 남은 참외 반쪽을 집으로 가지고 와 살강그릇을 얹어 놓기 위해 부엌 벽 중턱에 드린 선반에 올려 놓았어. 그런데 이웃집 늙은이가 와서 날름 먹어 버렸지 뭐야.

그후로 부인이 아들 삼형제를 낳았는데 막내아들은 반쪽이야. 눈도 반쪽, 귀도 반쪽, 다리도 반쪽, 팔도 반쪽.

하루는 형들이 사냥을 가는데 반쪽이도 쫓아갔어. 큰형이 말했지.

"아이구! 저 뵈기 싫은 거, 저거 우리 쫓아온다!"

"형님, 우리 저놈을 동구낭구등구나무에 달아 매구 갑시다!"

형들은 반쪽이를 등구나무크고 오래된 정자나무에 매어 놓고 달아났어. 반쪽이는 형들이 보이지 않자 등구나무를 쑥 뽑아서 집으로 가져갔어.

"어머니, 성형들이 이걸 뽑아 주면서 여름에 여기서 션시원하게 바느질 하래유."

그러곤 재빨리 형들을 쫓아갔지. 반쪽이를 본 형들이 말했어.

"아이구! 저거 또 쫓아왔다. 어떻게 끄르구풀고 왔는지 알두 못하겄네."

"형님, 이번엔 저놈이 움직이지 못하게 바위에 꽁꽁 묶어 놓읍시다."

형들은 칡덩굴로 반쪽이를 바위에 꽁꽁 묶어 놓았어. 형들이 보이지 않자 반쪽이는 바위를 등에 지고 와 등구나무 밑에 내려놓았어.

"어머니, 여기 앉아서 바느질 하라구 성들이 지워 주길래 가지고 왔슈."

그러고는 재빨리 형들을 쫓아갔지만 보이지 않았어. 반쪽이가 한참 산속을 헤매다 보니 날이 어두워졌지. 산 밑을 내려다보니 반짝반짝 불빛이 보였어. 그 빛을 따라갔더니, 거기엔 커다란 기와집 한 채가 있었지. 반쪽이가 문을 두드리자 늙은 주인이 반갑게 맞아 주었어. 집 안으로 들어갔더니 형들도 거기 있는 거야. 그런데 형들은 음식을 먹느라 정신이 없었어.

사방을 둘러본 반쪽이는 이상한 기운을 느꼈어. 꼭 죽을 데를 온 것 같단 말이지. 이런저런 생각을 하고 있는데 갑자기 밖에서 우레 같은 소리가 들렸어.

"아이고 배고프다! 오늘은 한 놈도 못 잡았어요."

"이놈들, 나가서 여적지여태까지 사냥도 못하고, 나는 집에 앉아서 쉽게 했다."

방 안에서 늙은 주인의 말을 들은 반쪽이는 정신이 번쩍 났어.

'아이쿠! 여기는 호랑이 굴이고 늙은 주인은 호랑이가 둔갑한 거였구나!'

반쪽이는 벽 밑으로 굴을 파서 맥 놓고 앉았던 형들을 도망치게 했어.

"성님들, 주마가편走馬加鞭: 달리는 말에 채찍질을 함같이 내빼유도망치세요. 뒤만 돌아봐도 죽을 테니깨 얼른 내빼유."

조금 후에 호랑이들이 반쪽이와 형들을 잡아먹으려고 방문을 열었어. 그런데 둘은 도망치고 못생긴 반쪽이만 남았단 말이지. 그때 반쪽이가 무쇠주먹을 높이 쳐들어 지붕을 뚫고 날아올라 도망쳤대.

장가도 가고 무쇠주먹도 지킨 반쪽이

반쪽이가 사는 마을에 이참판이라는 욕심 많은 사람이 있었어. 이참판이 반쪽이를 가만히 보니 무쇠주먹으로 쌀도 만들어 내고 돈도 만들어 낸단 말이지. 그러니 욕심이 날 수밖에.

하루는 이참판이 반쪽이를 불러 말했어.

"반쪽아! 너 장개 안 들래?"

"우리 성들도 장개 안 들었는데 내가 뭣허러 들어유."

"너, 성들 장개 보내주면 너도 장개들 거지?"

"암먼유, 그거 물어보면 뭘 해유."

이참판은 형들을 장가 보내고 반쪽이에게 다시 말했어.

"니가 장개들라믄 우리 딸을 훔쳐서 데리고 가야 해. 못 훔쳐 가는 날에는 그 무쇠주먹은 내 것이 될 거다. 언제쯤 와서 훔쳐 갈래?"

"아무 때라도 기회 닿는 데루 가죠 뭐."

"내일 저녁에 오거라."

"글씨유. 내일 저녁에 갈까유?"

그날부터 이참판은 사방에 모두 보초를 서게 했어. 그런데 며칠이 지나도 반쪽이는 오지 않았어. 그러자 보초를 서던 사람들이 모두 지쳐 잠이 들었지. 그때 집 안으로 들어선 반쪽이는 남자 놈들은 남자 놈들끼리 상투를 끌러서 잡아매고, 부엌에 있는 아낙들은 아낙들끼리 머리채를 잡아맸어. 그리고 방 안에 있는 이참판 도포자락엔 고드랫돌돗자리 등을 엮을 때 날을 감아 매어 늘어뜨리는 작은 돌을 넣어 놓고 수염엔 유황을 발라 놓았지. 이참판 부인 손에는 꽹과리를 묶어 두었어. 반쪽이는 이참판 딸을 업고 가면서 소리를 냅다 질렀어.

"뭣이 좋아서 잠들을 자느냐?"

그 소리에 놀란 사람들은 벌떡 일어나려는데 어디 일어날 수가 있나! 대문간에서도 "내 상투 놔라, 놔!", 부엌에서도 "내 머리 놔라, 놔!" 소리만 했지. 화들짝 잠에서 깬 이참판은 호롱불을 켜려다 잘못하여 수염에 불이 붙었어. 이참판이 불을 끄려고 손을 휘둘렀어. 웬걸 끄려는 불은 못 끄고 도포자락에 있는 고드랫돌에 맞아 이빨만 부러졌지. 또 이참판 부인은 어떻고. 반쪽이를 때린다는 게 꽹과리만 치고 있지 뭐야. 야단도 이런 야단이 없어!

이참판은 끝끝내 반쪽이의 무쇠주먹을 못 빼앗았대.

반쪽이는 어땠을까? 이참판 딸과 혼인하여 자식 낳고 잘 살았지. _ 청주시 모충동

1-7. 새소리를 알아듣는 형제

어느 마을에 새소리를 알아듣는 형제가 살았어. 하루는 둘이 산길을 가는데 까마귀가 떼를 지어 울고 있는 거야. 그걸 본 동생이 말했어.

"형님! 까마귀가 대육대육 우는 걸 보니 무슨 이상한 일이 생긴 거 아녀유?"

"글쎄."

"뭐 큰 괴기고기가 있는 모양인디 우리 가 봐유."

"그래. 가 보자!"

가서 보니까 한 사람이 칼에 찔려 엎어져 있는 거야. 형이 말했어.

"에구! 어느 산도적 놈이 지나가는 사람 보따리를 뺏구서 죽였네."

그때 수풀 속에서 느닷없이 관군들이 몰려나와 형제를 에워

쌌어. 관군들은 산도적을 잡으려고 숨어서 망을 보고 있던 참이었지.

"너 이놈들! 네놈들이 이 사람을 죽였지?"

"네에? 선비 옷을 입고 어떻게 그런 일을 하겠습니까? 아닙니다. 잘못 보았소."

"당장 저놈들을 원님께 끌고 가자!"

살인 누명을 쓴 형제는 너무도 억울했어. 원님 앞에 끌려간 형제가 말했어.

"저희가 죽인 게 아녀유!"

"너희가 아니라고? 그럼 그곳에 왜 올라갔느냐?"

"저희는 새소리를 쬐끔 알아들을 줄 알어유. 그런데 오늘 까마귀가 대육대육 울길래 가서 디다본들여다본 거예유."

"이런 고얀 놈이 있나? 이놈아! 사람이 어떻게 새소리를 알아듣느냐? 여봐라! 저놈들이 바른 말을 할 때까지 곤장을 쳐라!"

원님은 형제들이 거짓말을 한다고 생각했어. 하지만 형제들은 짓지도 않은 죄를 지었다고 말할 수 없었지. 옥에 갇히고 곤장을 맞아도 형제들은 같은 말만 하는 거야. 원님은 곰곰이 생각했어.

'저놈들이 까마귀 소리를 듣고 찾아갔다고 했겠다. 그렇다면 정말 새소리를 알아듣는단 말인가? 내 한번 시험해 봐야겠다.'

원님은 하인을 불러 말했어.

"처마 밑에 있는 제비 새끼를 내려서 두 마리만 가져오너라."

잠시 후 하인이 가져온 제비 새끼를 원님이 자기 도포 속에 쏙 넣고서 말했지.

"옥에 갇힌 죄인을 데려오너라."

형제가 끌려와 뜰 아래에 있는데 어미 제비가 처마 밑을 들락날락 오르락내리락 지지배배 지굴거리며 정신이 없거든. 새끼가 없어졌으니 왜 아니겠어. 원님이 형제에게 말했어.

"너희들이 새소리를 듣는다고 했잖느냐? 저 제비가 지금 뭐라고 하는 겐가?"

"예, 제비가 대단히 억울하고 원통하다고 하는데유."

"그래, 또 뭐라고 하느냐?"

"피불용皮不用 육불식肉不食 속출速出, 가죽도 못 쓰고 고기도 못 먹는데 속히 끄내 달라는데유!"

"아! 그래 맞다!"

그제서야 원님은 형제가 새소리를 알아들을 수 있다는 것을 믿게 되었어. 그후 형제는 그 재주로 벼슬에도 올랐대. _ 청주시 사직동

1-8. 동방삭을 삼천 년 살게 한 장님의 능력

동방삭이가 삼천 년을 산다는 얘긴 들어서 알고 있지? 지금부터 어떻게 삼천 년을 살 수 있게 되었는지 얘기해 줄게.

동방삭이 다섯 살 때야. 어찌나 심술궂던지 동구 밖에서 놀다가 지나가는 장님만 보면 기다란 막대기에 똥을 묻혀 장님 입술에 썩 발라 놓고 도망가는 거라. 동방삭이의 이런 심술은 나이 삼십이 되어도 계속 되었어.

그날도 동방삭이가 한 장님에게 장난을 쳤어. 그런데 장님이 하는 말이 심상치 않았지.

"동방삭이가 그랬구나! 에이, 심술궂은 놈! 생각 같아서는 큰 벌을 주고 싶지만 어차피 내일모레 죽을 놈이니까 그냥 내버려 두자."

동방삭이가 그 소릴 듣고 장님에게 쫓아가 물었어.

"선생님, 저 동방삭이올시다. 방금 전에 저더러 내일모레 죽는다고 했는데 사실입니까?"

"왜? 내일모레 죽는다고 하니까 겁나냐?"

동방삭이 가만히 생각하니, 사람 죽는 날을 맞히면 명을 늘릴 수 있는 방법도 알 수 있겠거든.

"그게 아니고, 그동안 제가 못된 죄를 많이 졌습니다. 잘못했으니 저의 명을 늘릴 수 있는 방법을 가르쳐 주시오."

장님을 붙잡고 애걸복걸했지. 그러자 장님이 물었어.

"다시는 그런 놀이쟁이를 안 하렸다?"

"다시는 안 하오리다."

"그럼 내가 가르쳐 주는 대로 해라. 집에 돌아가서 어머니보구 내일모레 돈 석 냥, 신 세 켤레, 밥 세 그릇을 달라고 해라. 그걸 동구 밖에 정성 들여 갖다 놓고 숨어서 지켜보아라."

이 말을 들은 동방삭이는 어머니에게 달려가 하나도 빠짐없이 이야기를 했어. 어느 부모인들 자식 명을 잇는다는데 뭐든 안 해 주겠어. 모레가 되는 날 어머니는 돈 석 냥, 신 세 켤레, 밥 세 그릇을 지어 주면서 동방삭이에게 신신당부를 했어.

"동구 밖에 갖다 놓고 잘 지켜봐라."

동방삭이가 한참을 지켜보고 있자니 웬 사람 셋이 지나가는 거야. 한 사람이 말했어.

"여기 진수성찬이 있으니 우리 먹고 가세."

세 사람은 밥 한 상씩을 먹고 돈 석 냥을 나누고 신 한 켤레씩 신더니 동방삭이 집으로 가는 거야.

"동방삭이 집에 있소?"

동방삭이 어머니가 대답했어.

"어쩌죠. 우리 아들은 돈 석 냥, 밥 세 그릇, 신 세 켤레를 가지고 동구 밖으로 가고 없는데…."

세 사람들은 흠칫 놀라 말했지.

"에구! 우리가 필시 동방삭이가 해 놓은 밥을 먹은 것이 분명한데, 참 잡아가기가 난처하게 되었네."

한 사람이 말했어.

"우리 그냥 갑시다."

이 세 사람은 바로 동방삭이를 잡으러 온 저승사자였지. 저승사자는 할 수 없이 돌아갔어.

염라대왕은 저승명부를 열어 놓고 동방삭이를 잡아오기만 기다리고 있었어. 그런데 한참을 기다려도 저승사자가 오지 않는 거야. 기다리다 지루해진 염라대왕은 꾸벅꾸벅 졸고 있었어. 그때 마침 동방삭이를 잡으러 간 저승사자가 돌아와서 졸고 있는 염라대왕을 보았어. 그 중 한 명이 가만히 다가가서 붓을 들고 열십 자 윗머리에 점 하나를 콕 찍었어. 열 십十 자가 일천 천千 자가 된 거지. 그러고는 염라대왕님을 불렀어.

"대왕님, 대왕님."

"왜 그러느냐?"

"아 글쎄 동방삭이 상을 보니 오늘 데려올 사람이 아닙니다. 대왕님, 저승명부를 다시 자세히 보십시오."

염라대왕이 저승명부를 가만히 보니 삼십이 아니라 삼천이라고 쓰여 있거든.

"너희들이 나보다 낫다! 동방삭이를 오늘 잡아왔다간 큰일 날 뻔 했구나!"

이렇게 해서 동방삭이는 삼천 년을 살게 되었대. _ 영동군 영동읍

2부

에헤라, 복이로구나!

2-1. 산신을 섬기는 한결같은 마음, 복으로 돌아오다

어느 마을 농사꾼의 집에 누런 암소 한 마리가 있었어. 그 암소가 새끼를 낳았는데 흰 송아지를 낳은 거야. 그걸 본 농사꾼 부부는 깜짝 놀라서 허겁지겁 마을에 있는 점쟁이에게 찾아가 물었지.

"우리 집 소가 흰 송아지를 낳았는데 길조유? 흉조유?"

"흰 송아지는 제물로 바치는 소여. 그놈을 잡아서 산신령에게 바쳐야 혀. 그렇지 않으면 집안에 큰일이 일어나."

부부는 서둘러서 흰 송아지를 잡아서 산신당의 제물로 바쳤어. 산신제를 지내고 집으로 돌아온 부부는 또 한 번 깜짝 놀랐어. 삼대독자 아들의 눈이 허옇게 멀었지 뭐야! 산신제도 지냈는데 이런 일이 일어나다니! 기가 막혔지.

그런데 이듬해에 암소가 또 흰 송아지를 낳았어. 부부는 이번에는 뭔가 달랐으면 하는 마음으로 점쟁이를 찾아갔어. 하지만 점쟁이의 말은 처음과 같았지.

"흰 송아지를 잡아서 산신제를 지내라."

다시 한 번 산신제를 지내고 집으로 돌아온 부부는 너무 놀라 자리에 주저앉고 말았어. 글쎄 눈먼 아들이 앉은뱅이가 된 거야. 멀쩡했던 삼대독자 아들이 눈멀고 앉은뱅이가 되었으니 하늘이 무너지는 것 같았지. 하지만 어쩔 수 있나. 이게 다 팔자려니 생각했지.

그러던 어느 날 나라에 전쟁이 났어. 마을 청년들은 모두 전쟁터로 끌려가는데 눈멀고 앉은뱅이가 된 아들은 집에 남을 수 있었지. 다행이지 뭐.

그리고 세월이 흘러 암소가 새끼를 낳았는데 또 흰 송아지야.

"까짓것 눈깔 멀구 앉은뱅이 되었으니 저까지것 죽기밖에 더 하랴."

이번에도 부부는 흰 송아지로 산신제를 지내고 집에 돌아왔어. 그런데 이게 웬일이래? 눈멀고 앉은뱅이가 되었던 아들이 멀쩡하게 걸어 나와 부부를 맞이하는 게 아니겠어.

"여보 마누라, 저게 우리 아들 맞소?!"

"그러게요. 어디… 맞아요, 맞아!"

부부는 기쁜 마음에 덩실덩실 춤을 추었어.

"경사났네, 경사났어! 무엇이든 한 가지를 시작했으면 끝까지 믿고 나가는 힘이 있어야 한다는 말이 이것이로구나!" _ 청주시 모충동

2-2. 부처님 공양, 허사가 아니로다!

옛날 어느 마을에 김진사라는 사람이 살았어. 김진사는 나이 들어 겨우 얻은 딸 하나를 불면 꺼질까 쥐면 터질까 애지중지 길렀지. 고이고이 길러 온 딸을 아무한테나 시집보낼 수 있나. 그래 걱정 끝에 백일 정성을 드리기 위해 절을 찾아갔지.

"부처님께 빕니다. 하나밖에 없는 우리 딸자식 좋은 배필 만나게 해 주십시오."

이렇게 하루도 빠짐없이 절에 찾아가 빌었어. 이것을 본 공양중이 중얼거렸어.

'아이구, 내 신세야! 밥 먹는 것은 걱정 없지만 여기서 이렇게 밥만 하다간 평생 장가 한 번 못 들구 죽겠구나!'

김진사의 백일기도가 끝나는 날이었어. 공양중은 부처님 단상 아래에 몰래 숨어 들어가 말했어.

"너의 딸 배필은 이 절에 있는 공양중이니라."

김진사는 기가 막혔지. 하지만 부처님의 말씀이니 따를 수밖에. 김진사는 공양중을 불러 말했어.

"내 딸을 널 줄 테니 데리고 살아라."

그러고 집에 왔으니 근심밖에 더 있나. 김진사가 아무에게도 말을 못하고 끙끙 앓고 있으니 부인과 딸이 물었어.

"여보, 여보, 왜 그래유. 백일기도 잘 드리구 와서 왜 그래유."

김진사는 사실 얘기를 했어.

"내가 부처님 말씀을 거역하기 어려워 따른다고 하였으니 이를 어쩌면 좋소!"

"할 수 없지유. 당신이 확답을 하였으니 안 보낼 수가 있소."

"그래유. 아버지 말씀대로 할게유."

"다만, 동네 사람들 알까 부끄러우니 얘를 독에 넣어 짊어지고 가유."

김진사는 부인의 말대로 하인을 시켜 딸을 독에 넣었어. 그러고는 몰래 마을을 빠져 나가 산길을 걸어갔지. 소나무는 우거지고 하늘은 빠끔한데 어디서 인기척 소리가 나는 거야. 그런데 어디로 피할 데가 있나! 김진사와 하인은 독을 실은 지게를 길에 두고 재빨리 수풀 속으로 숨었어. 무리를 지어 오던 사람들이 길에 놓인 독을 보았어.

"왜 길 한가운데 독이 있는 거지? 어서 열어 보아라."

"여기 사람이 있습니다."

독 속에서 어여쁜 여자가 나오자 사람들은 놀라 입을 다물지 못했지. 사람들은 김진사 딸을 꺼내고 잡아 온 곰을 그 독 안에 넣었어. 그러고는 김진사 딸을 데리고 산길을 내려갔지.

그것도 모르고 김진사와 하인은 다시 독을 짊어지고 절을 찾아갔어. 신부의 얼굴이 너무 보고 싶은 공양중은 독을 보자마자 뚜껑을 열어 독 안으로 얼굴을 쑥 디밀었어. 그러자 독 안에 있는 곰이 공양중의 얼굴을 쓰윽 핥았어. 이를 어째! 공양중의 머리가 홀랑 날아갔지 뭐야! 딸은 온데간데없고 곰만 있다니!

딸의 행방을 알 수 없었던 김진사는 그만 병이 났어. 그러던 어느 날 조정에서 사람이 온 거야.

"왕자님이 당신을 데려오라고 하십니다."

김진사는 느닷없는 왕자의 부름에 겁이 났어.

'죄라면 딸을 독에 넣어 시집보낸 것인데 어찌 그것을 알고 나를 부르러 왔나?'

하고 고통당할 생각을 하니까 기가 막혔지. 하지만 궐에서 온 사람을 따라 나설 수밖에.

궁궐에 도착한 김진사는 곱게 단장하고 마중 나온 딸을 보고 깜짝 놀랐어. 산길에서 만났던 사람들은 사냥을 나온 왕자와 수행원들이었던 거야. 왕자는 김진사의 딸을 보고 첫눈에 반해 궁궐로 데려와 혼인을 하게 된 거지. 김진사는 덩실덩실 춤을 추며 말했어.

“과연 부처님께 공들인 것이 허사가 아니로구나! 부처님을 팔고서 거짓말을 한 공양중은 머리가 달아났으니 벌을 받은 것이 아니냐. 공을 들이면 공덕이 있다는 것이 이런 말이로다!” _ 청주시 내덕동

2-3. 과객의 제사상 차려 주고 복 받은 부인

옛날 어느 집에 해가 저물고 날이 어두워지니 한 과객이 찾아 들었어.

"주인 계시오?"

"그 뉘시우?"

"예, 저는 길 가는 나그네인데 하룻밤 쉬어 갈 수 있습니까?"

"들어오시우."

행랑채에서 주인과 과객이 앉아 도란도란 이야기를 주고받다가 주인은 잠이 들었지. 그러자 과객은 살포시 일어나 밖에서 물 한 그릇을 떠오는 거야. 그러고는 물 그릇을 보며 절을 한단 말이지. 잠깐 잠에서 깬 주인이 과객을 보고 물었어.

"주무실 때가 됐는데 안 주무시고, 왜 그러시우?"

"예, 오늘 저녁이 제 어머님 기일이온데, 저는 집도 절도 없는 신세지요. 그래 밥 한술 못 지어 드리니 정화수라도 이래 한 그

룻 떠놓고 공을 드리고 있습니다. 날짜나 잊지 않으려구요."

이 말을 들은 주인은 과객의 정성이 지극한 데 감복해 제사상을 차려주고 싶었어.

주인은 며느리 셋과 같이 살고 있었는데, 큰며느리는 그만 병이 들어 자식도 낳지 못했대. 그래서 주인은 먼저 둘째며느리를 찾아갔어.

"야야, 자냐?"

"예, 아버님. 무슨 일이세유?"

"오늘 저녁에 온 손님이 자기 어머니 기일이라고 저래 공을 드리는구나. 그 밥 한술 지어 주면 안 좋겠나?"

"아이고! 아버님, 애기가 젖을 먹어유."

"아 그러믄 안 되지!"

주인은 막내며느리를 찾아갔어.

"야야, 자냐?"

"예, 아버님, 안 잡니다. 왜 그러셔유?"

"오늘 저녁에 온 손님이 자기 어머니 기일이라고 저래 공을 드리는구나. 그 밥 한술 지어 주면 안 좋겠나?"

"아이고! 아버님, 배가 살살 아프구먼유."

"거 그러면 안 되지!"

제삿밥을 시키러 나갔던 주인은 못 시키고 그냥 돌아왔어. 발을 한 발자국 방에 들여놓다가 생각해 보니 안 되겠거든.

'아하, 이거 밥 한 그릇 차려 줘야겠는데….'

하고는 병든 큰며느리를 찾아갔어.

"야야, 며눌아가 자냐?"

"예, 아버님. 안 자유."

"오늘 저녁에 온 손님이 자기 어머니 기일이라고 저래 공을 드리는구나. 그 밥 한술 지어 주면 안 좋겠나?"

"예, 지어 드리지유."

큰며느리는 밥과 제사 음식을 정성껏 차려 주었어. 그날 저녁 큰며느리의 꿈에 머리가 허연 할머니가 나와 말했어.

"잘 먹고 갑니다. 이 가문에 아들을 놓거들랑 첫째를 대산이라 이름 짓고, 둘째를 소산이라고 이름 지으시오."

그후로 시름시름 앓던 큰며느리의 병이 낫고 아들 둘을 낳았지. 첫째아들을 대산, 둘째아들을 소산이라고 이름 지었어.

이 자식들이 일곱 살이 되어 공부를 배우는데, 하나를 가르치면 열을 알더래. 후에 두 아들 모두 큰 벼슬을 하고 잘 살았대. _ 영동군 영동읍

2-4. 복을 부른 장기 두기, 복을 내친 장기 두기

어느 산골에 홀어머니를 모시고 사는 나무꾼 총각이 있었어. 총각은 장터에서 나무를 팔아 그날그날 쌀을 사다 먹었지. 하루는 날이 저물도록 누구 하나 나무를 사러 오지 않았어. 어떻게든 나무를 팔아 볼 요량으로 길바닥에 앉아 있는데 깨끗한 옷을 입은 노인이 다가왔어.

"거 자네, 혹 장기 둘 줄 아나?"

"예, 장기 잘 두던 못합니다만 말밭 정도는 갈 줄 알지유."

"그럼 됐네, 됐어! 나뭇짐을 지고 우리 집으로 가세."

나무를 팔아 준다는 말에 총각은 노인을 따라갔어. 한참을 가다 고래 등 같은 집으로 노인이 들어가더니 말했어.

"얘, 거기 놓아라."

지게를 내려놓은 총각은 노인이 나뭇값 가져오기를 바라고 있었지. 그런데 노인은 나뭇값은 안 주고 손을 까딱까딱하며 말했어.

"이리 들어와, 들어와."

어른이 들어오라고 하니 안 들어갈 수가 있나. 징검징검 걸어서 깨끗한 사랑방에 들어가 앉았어. 노인은 청지기를 불렀어.

"여기 장기판을 들여놔라."

둘이 장기를 두는데 총각이 노인보다 한 수 높단 말이지. 이기기로 하면 단연 총각이겠는데 웬걸, 한 판 졌다 이겼다 승부가 나질 않아! 노인은 장군이 나오면 사랑방이 떠나가게 웃었어. 그러다가 밥때가 되면 산골에서는 먹어 보지도 못한 귀한 음식이 한상 가득 들어왔어. 이렇게 후한 대접을 받고 장기를 두고 있지만 집에 홀로 계신 어머님 생각에 총각의 마음은 편치 않았지. 어느 날 나무꾼 총각이 말했어.

"인제 그만 집에를 가야겄습니다."

"아니, 왜 그러나?"

"집에 혼자 계시는 어머니가 걱정이 되어서유."

"그건 걱정 말게. 내가 미리 사람을 시켜 자네 집에 쌀이며 옷이며 온갖 살림살이를 보내드려서 잘 계시네. 그러니 며칠만 더 있다 가게."

안심이 된 총각은 며칠 더 머무르기로 했어. 총각과 노인은 날마다 장기를 두었는데 웃음소리가 끊이질 않았지. 노인의 아들은 아버지가 즐거워하는 모습을 보고 나무꾼 총각을 칭찬했어. 또 이렇게 여러 달이 지났어. 다시 어머니가 걱정이 된 총각이 노인에게 말했지.

"어머니도 보고 싶고 집도 궁금하여 인제 그만 집에 가야겠습니다."

"알았네. 내 아주 꾹 참고 기다림세."

노인의 배웅을 받고 산골 집으로 돌아온 나무꾼 총각은 깜짝 놀랐어. 다 쓰러져 가는 집은 없고 기와집 한 채가 있는데 창고에는 쌀이 가득했지. 고운 옷을 입은 어머니가 뛰어나와 반갑게 맞아 주었어. 나무꾼 총각이 부자가 되었다는 소문은 삽시간에 퍼졌어. 그 소문을 들은 총각의 친구가 찾아왔어.

"자네 뭘 해서 그렇게 땅을 사고 부자가 됐나?"

총각은 그간 있었던 일을 친구에게 모두 들려주었지. 친구는 나무꾼 총각이 말한 노인의 집을 찾아갔어. 대문 밖에서는 노인이 나무꾼 총각을 기다리고 있었어. 노인이 나무꾼 친구를 보고 말했어.

"자네 장기 놀 줄 아나?"

"그럼유. 아주 잘 두지유."

"그럼 어서 들어가세."

나무꾼 친구가 노인을 따라 들어가 장기를 두기 시작했어. 나무꾼 친구는 대들보가 울리도록 장군 소리를 부르는데 노인은 장군 소리 한 번 못 불렀지. 노인은 화도 못 내고 먹지도 않고 장기만 두었어. 이것을 본 노인 아들은 아버지가 장기를 더 두었다간 큰일 나겠거든. 아들은 하인을 시켜 나무꾼 친구를 끌어내며 말했지.

"네 이놈, 노인이 심심풀이로 장기를 두는데 한 번 졌다, 이겼다 놀 줄 알아야지. 당장 나가거라."

때와 장소에 맞게 행동하지 못한 나무꾼 친구는 창피만 당하고 쫓겨났다지. _ 청주시 사직동

2-5. 꿈 덕에 부마가 된 머슴

어느 마을 부잣집에 상머슴일을 잘하는 장정 머슴과 곁머슴상머슴의 일을 거들어 주던 머슴이 있었어. 하루는 둘이 나무를 하러 산에 갔어. 곁머슴이 상머슴에게 말했어.

"지가 지난밤에 좋은 꿈을 꿨유."

"그려! 그럼 나한테 얘기 좀 혀 봐."

곁머슴이 상머슴 얼굴을 쳐다보고는 말했어.

"아 글씨, 꿈이 증말정말 좋은데 머슴한테는 야져서낮아서 얘기를 못하겄네유."

상머슴은 곁머슴 말이 괘씸했어. 하지만 그 꿈이 너무 궁금하여 주인어른께 얘기를 했지. 주인어른이 곁머슴을 불러 말했어.

"나는 쥔이니까 내게는 얘기를 할 수 있겠느냐?"

곁머슴이 주인어른 얼굴을 빤히 쳐다보고는 말했어.

"글씨유, 쥔어른께도 야져서 얘기를 못하겄구먼유."

주인어른도 곁머슴 말이 괘씸했어. 하지만 그 꿈이 너무 궁금하여 원님에게 얘기를 했지. 고을 원님이 곁머슴을 불러 말했어.

"내가 이 고을 제일 으른어른이니까 나한테는 얘기할 수 있으렷다?"

"글씨유, 지송하지만 원님께도 야져서 얘기를 못하겄구먼유."

원님은 호통을 쳤어.

"네 이놈! 어린 녀석이 무슨 꿈을 꾸었기에 온 고을을 시끄럽게 하느냐? 내가 고을의 최고 으른인데 나한테 말 못하면 임금님께 하겠느냐?"

그러고는 곁머슴을 임금님 앞으로 끌고 갔어. 임금님이 곁머슴에게 물었어.

"네가 무슨 꿈을 꾸었는지, 내겐 얘기할 수 있겠지?"

곁머슴이 엎드려 말했어.

"황송하지만 임금님께도 야져서 얘기를 못 드리겄구먼유."

똑같은 말을 한단 말이지. 머슴의 말에 임금님은 불호령을 내렸어.

"뭣이! 내가 이 나라의 임금인데 임금한테 못하면 누구한테 하겠느냐? 저놈, 꿈도 안 꾼 미친놈이니 당장 옥에 처넣어라."

꿈 이야기를 하지 않은 곁머슴은 결국 옥살이를 하게 되었어.

그러던 어느 날 생쥐 한 마리가 왔다갔다 하는데 먹을 걸 찾는 것 같았지. 곁머슴이 밥을 조금 떼어 생쥐에게 던져 주었더니 밥 때만 되면 생쥐가 찾아오더래. 곁머슴은 그것이 좋았지. 그런데 언젠가부터 생쥐가 오질 않는 거야.

'흥! 밥을 주면서 보살펴 줬는디 오도가도 않아!'

며칠 후 생쥐 한 마리가 나타났어. 첫눈에 다른 쥐라는 걸 알아챈 곁머슴은 화가 나서 생쥐를 잡아 땅에 패대기쳤어. 그랬더니 쥐가 죽었지! 한참 뒤에 또 다른 생쥐가 와서 죽은 쥐를 이리저리 살펴보고는 사라졌어. 곁머슴은 홧김에 생쥐를 죽인 것이 미안해 물끄러미 죽은 쥐를 쳐다보고 있었지. 그런데 방금 전 죽은 쥐를 보고 간 생쥐가 다시 나타났어. 입에 동그란 비늘 하나를 물고 말이야. 와서는 죽은 쥐를 발랑 젖혀 놓더니 비늘을 배꼽에 얹어 놓는 거야. 그랬더니 죽었던 쥐가 살아나 달아나지 않겠어! 곁머슴은 얼른 생쥐를 쫓아갔어. 하지만 생쥐는 온데간데 없고 동그란 비늘 하나만 땅에 떨어져 있었지.

"이거 보화다!"

곁머슴은 비늘을 주워 주머니에 잘 넣어 두었어.

그러던 어느 날이었어. 무슨 일인지 그날은 하루 종일 밥을 주지 않는 거야. 곁머슴이 병졸에게 물었지.

"우째 오늘은 밥을 안 준대유?"

"오늘 아침에 옥사장 딸이 갑자기 죽어 경황이 없어 그런다."

"그래유? 그러믄 지가 가서 좀 볼 수 없을까유?"

"보면, 죽은 사람을 어떡하겠소?"

"혹시 알어유. 죽은 사람을 살릴 수 있을지."

곁머슴의 말에 놀란 병졸이 단숨에 옥사장에게 달려갔어. 옥사장이 곁머슴을 불렀지.

"네가 정말 내 딸을 다시 살려낼 수 있느냐?"

"야. 그럴 수 있슈."

"그래, 이왕 죽은 사람인데 어디 한번 해 보거라."

곁머슴은 생쥐의 행동을 따라 죽은 옥사장의 딸 배꼽에 동그란 비늘을 올려놓았어. 그랬더니 옥사장 딸이 다시 살아났어. 옥사장의 집안에는 잔치가 열렸어. 곁머슴은 귀한 손님 대접을 받았지만 여전히 죄인이었지.

그러던 얼마 후 곁머슴은 갑자기 임금님 앞으로 끌려갔어. 공주가 죽자 옥사장이 곁머슴의 이야기를 임금님께 말한 거야.

"네가 죽은 사람을 다시 살려내는 재주가 있다지? 공주만 살려내면 너에게 벼슬을 주고 내 사위로 삼겠다."

곁머슴은 공주의 배꼽 위에 동그란 비늘을 올려놓았어. 그러자 공주가 다시 살아났지. 임금님은 약속대로 곁머슴을 부마로 삼았대.

그런데 곁머슴의 좋은 꿈이 뭔지 궁금하지 않아? 그건 곁머슴의 키가 자꾸자꾸 커져 하늘에 닿아 한 손으로는 해를, 다른 한 손으로는 달을 따는 꿈이었대. 해와 달은 임금을 상징하는데 이 꿈을 어떻게 말할 수 있었겠어. _ 청주시 사직동

2-6. 점쟁이 말대로 해서 복 받은 선비

옛날 어느 마을에 딸 하나를 둔 부부가 살았어. 이 부부는 재산은 좀 있으니 똑똑한 선비를 데릴사위로 맞이하고 싶었지. 사방으로 수소문하여 건넛마을에 사는 총각을 데릴사위로 정했단 말이야. 그런데 이 사위는 먹고 자고 글만 읽으며 아무것도 하려고 하지 않더래. 등과登科: 과거에 급제하는 일라도 하면 좋을 텐데 그러지도 못하고 항시 글만 읽고 있단 말이야.

세월이 흘러 장인 장모가 다 세상을 떠났어. 아내가 생각하니 장차 살아갈 길이 막막하거든. 걱정이 된 아내가 말했어.

"당신, 이럭 하지 말고 나가서 장사라도 좀 해 봐유."

"장사는 어떻게 하는데?"

"다른 사람이 어떻게 하나 보구 배워서 하면 될 거 아녀유?"

아내가 돈 백 냥을 주고 남편을 장터로 보냈지. 열흘 만에 남편이 들어오는데 빈손이거든. 아내가 자초지종을 물어보았어.

남편은 싸게 팔면 돈을 벌 수 있다는 말에 비싸게 산 물건을 몽땅 싸게 팔았던 거야. 거저 준 거나 다름없었지.

아내는 다시 돈 백 냥을 주며 남편에게 말했어.

"이걸 가주가지고 나가서 다른 사람 장사하는 걸 좀 잘 배워유."

남편은 또 장터로 나갔어. 하루 종일 다녀 봐도 뭐 장사할 게 있나. 이곳저곳을 돌아보다가 관상 보는 곳에 앉아 쉬게 되었어. 다리도 아프고 갈 데도 없던 차에 옆에 있는 점쟁이에게 물었지.

"내 관상 좀 봐줘유."

남편을 이리저리 쳐다보던 점쟁이가 말했어.

"다른 사람이 돈 받고 팔면 당신은 돈 받지 말고, 다른 사람이 바로 가면 당신은 둘러 가고, 다른 사람이 서서 가면 당신은 엎드려 거북이처럼 기어서 가시오. 또 다른 사람이 못생겼다 하면 당신은 양귀비처럼 어여쁘다 하시오."

다음 날 남편이 장사를 하는데 순식간에 물건이 다 팔렸어. 점쟁이 말대로 돈을 받지 않고 팔았기 때문이야. 물건을 다 팔았으니 집에 돌아가야지. 장터에서 집까지는 큰 재를 넘어야 했어. 그 재를 바로 넘어가면 30리요 둘러서 가면 60리였지. 그런데 재를 넘으려면 60명이 차야 넘어갈 수 있대. 왜냐구? 험한 산길을 혼자 가면 도적과 산짐승들에게 죽임을 당하기 십상이거든. 장사꾼들은 재를 넘으려고 사람들이 모이기만을 기다렸어. 그런데 남편은 기다리지 않고 혼자 가거든. 장사꾼 한 명이 말했어.

"얼른 사람을 채워야 재를 넘는데 왜 안 기다리고 둘러 가려구 하시오?"

"난 천천히 둘러 가겠소."

남편은 혼자서 60리가 되는 산길을 넘어 주막에 도착했어. 미리 온 사람들이 저녁밥을 먹겠거니 했는데 웬걸, 한 명도 없단 말이지. 주막에서 하룻밤을 잤지. 아침이 되어 주모가 말을 하는데 어제 재를 바로 넘어 오던 장사꾼들이 산적을 만나 전부 목숨을 잃었대. 하마터면 남편도 큰일을 당할 뻔했지.

남편은 다시 집을 향해 길을 나섰어. 한참을 가다가 강가에 도착한 남편은 괴물을 보고 깜짝 놀랐어. 구척 장신에 퉁방울 같은 눈을 부릅뜨고 주먹을 휘두르는데 겁이 나서 견딜 수가 있어야 말이지. 그때 남편이 엉금엉금 기어가기 시작했어. 거북이처럼 기어가라는 점쟁이 말이 생각났거든. 이런 남편을 보고 괴물이 말했어.

"이제 나는 벌을 면할 수가 있겠구나!"

괴물이 물속으로 사라졌어. 이제 살았구나! 생각한 남편은 일어나 강물을 따라 내려갔지. 그런데 이번엔 괴물 여인이 나타났어. 머리는 산발을 하고, 눈에선 눈물이, 코에선 콧물이 흐르는데 뭐라고 말할 수 없는 추물이었어. 사람들은 더럽다고 침을 뱉었어. 하지만 남편은 달랐어.

"천하일색 양귀비로다!"

남편의 말을 들은 괴물 여인이 눈물을 주르륵 흘리며 말했어.

"이제야 제 원을 풀게 되었습니다."

그러고는 물속으로 풍덩 들어갔어.

다시 길을 간 남편은 무사히 집에 도착할 수 있었지. 다음 날이 되자 남편은 바람을 쐬고 오겠다며 강으로 갔어. 그때 어떤 부부가 남편에게 와서 절을 하는 거야.

"저희는 일전에 강에서 본 괴물입니다. 우리가 부모 승낙 없이 결혼하여 그 벌로 괴물이 된 것이지요. 그 벌을 벗으려면 네 발로 걷는 사람과 괴물 여인을 어여쁘다고 말해 주는 사람을 만나야 했는데 그게 바로 선비님이었습니다. 선비님께서 저희의 벌을 면하게 해주셨으니 그 은혜에 보답하고 싶습니다."

이렇게 말하고는 남편에게 네모난 연밥을 주었어.

"이 연밥은 한 모퉁이를 두드리면 금이 나오고, 또 한 모퉁이를 두드리면 은이 나오고, 또 한 모퉁이는 보석이 나오고, 또 한 모퉁이는 상아가 나올 것입니다. 이것을 가지고 욕심 부리지 말고 평생을 잘 사십시오."

이 말을 남기고 부부는 어디론가 사라졌어. 남편은 그 연밥으로 평생을 편안하게 잘 살았대. _ 영동군 영동읍

2-7. 지관 행세로 아낙도 살리고 돈도 벌고

옛날에 굶기를 밥 먹듯 하는 아주 가난한 부부가 살았어. 어떻게 겨울은 버텼지만 봄을 나기는 막막했지. 부부는 한숨만 쉬었어. 그러다 남편이 가만히 생각하니 외숙을 찾아가면 봄을 살겠거든. 그러나 찾아갈 노잣돈이 있어야 말이지. 한숨만 쉬는 남편을 본 부인이 물었어.

"그 무슨 근심을 그렇게 한대유?"

"그게 아니라 외숙에게 가믄 봄을 살 수 있을 것 같은디 막연해서 그랴."

"그럼, 지가 초례醮禮: 전통적으로 치르는 혼례식시에 입던 옷을 팔고, 머리카락을 잘라 팔아 줄 테닝께 노수노자를 해서 갔다 와유."

남편은 부인이 마련해 준 노잣돈을 가지고 외숙을 찾아갔어. 남편의 외숙은 옥구라는 작은 마을의 수령이었지. 외숙은 남편을 반가이 맞아 주며 후한 대접을 해주었어. 한참을 있어도 가라는 말을 하지 않았지. 남편은 굶고 있는 부인을 생각하니 걱정이 이만저만이 아니었어. 돈을 달랄 수도 없고 속만 탈 일이지. 그래 슬쩍 외숙에게 말했어.

"저는 인제 가 볼래유."

"그래 가거라. 이 패철 하나를 줄 테니 가지고 가거라."

'주려면 돈이나 조금 줄 것이지, 지관 행사하는 패철지관이 몸에 지니고 다니는 나침반이 무슨 소용이랴!'

남편은 쓸데없는 패철만 얻어 가니 힘이 다 빠졌지. 돈이 있어야 부지런히 걸을 게 아니겠어? 털레털레 길을 가는데 어떤 소복 입은 아낙이 남편을 불렀어.

"저기 가는 저 손님, 지 말 한마디 들으시유."

"무슨 말이유?"

"지가 시집온 지 일곱 달 만에 아들을 낳아 집안에서 쫓겨나 죽게 됐시유. 뒷동산에 있는 우리 할아버지 산소는 범의 혈자리고, 범은 일곱 달 만에 새끼를 낳는다고 해유. 근디 그걸 모르고 지가 부정하여 그렇다고 하니 참말로 억울하구먼유."

사연을 들은 남편은 패철을 흔들며 아낙의 집으로 들어가 큰 소리로 말했어.

"시집온 지 일곱 달 만에 아들을 얻었으면 영의정이라."

느닷없는 남편의 말에 사람들이 모여 수군거리기 시작했어.

주인이 방을 나오며 남편에게 물었어.

"그게 무슨 말인가?"

"뒷산에 있는 며느리의 할아버지 산소는 범의 자리라. 그 혈 자리를 타고 일곱 달 만에 얻은 아들은 영의정이 될 거유."

주인은 처음 보는 사람이 사실을 줄줄 말하자 믿지 않을 수 없었어. 억울하게 죽을 뻔 했던 아낙의 누명도 벗겨졌지. 그리고 남편은 후한 대접과 돈을 받아 집으로 돌아올 수 있었어. 패철을 보며 남편이 중얼거렸어.

'외숙이 명관은 명관이로구나!' _ 영동군 양강면

2-8. 명의가 된 엉터리의원

옛날 함경도에 엉터리의원 행세를 하며 팔도를 떠돌아다니는 사람이 있었어. 이 사람은 의술이 뛰어난 척하며 한양에 있는 주막집에서 밥을 얻어먹고 있었지. 하루는 엉터리의원이 술을 먹고 낮잠을 자고 있는데 주모가 달려와 말했어.

"요 이웃의 대갓집 따님들이 각중에갑자기 둘이 죽었대유. 함경도 양반 의술이 용하다니 가설랑은 좀 디디봐유들여다봐요."

엉터리의원은 주모에게 등을 떠밀려 대갓집으로 갔어. 가서 보니 과년한 딸, 둘이 죽어 넘어가 있단 말이야. 하지만 엉터리의원이 뭐 진맥이나 할 줄 아나! 그저 난처할 뿐이지.

엉터리의원이 방안을 쭈욱 둘러보니 죽은 딸들 옆에 곰방대가 놓여 있거든. 순간 생각했지.

'아하! 이 딸들은 죽은 게 아니라 기절한 게로구나!'

두 딸은 담배를 몰래 훔쳐 피우다 기절한 거였어. 사실 처음

담배를 피울 때 기절하는 사람들이 종종 있었거든. 엉터리의원은 진맥하는 척하면서 하인을 불러 말했어.

"이놈의 거 대단치 않다. 사향청심환 두 개만 사오너라."

사향청심환을 곱게 갈아 물을 부어 두 딸에게 먹였어. 물만 먹여도 될 것을 의원인 양 약을 썼던 거야. 그랬더니 두 딸이 부스스 일어난단 말이지. 이제 엉터리의원은 죽었던 사람도 살리는 명의라고 소문이 났어.

그러던 어느 날 임금님이 엉터리의원을 궁궐로 불렀어. 소문을 듣고 병에 걸린 왕비를 고치기 위해서지. 왕비는 머리가 파인 천문창이란 병을 앓고 있었어. 임금님은 팔도 명의들을 모두 불러 약을 써 보았지만 어떤 약도 효과가 없었던 거야. 이제 엉터리의원은 큰일 났어! 지금까지 운 좋게 의원 노릇 하며 살았는데, 왕비의 병을 고쳐야 하다니! 이제는 죽었구나 싶었지. 엉터리의원은 이런저런 생각에 주는 밥도 못 먹고 걱정만 했지. 그러다 무심코 밥풀 하나를 떼어 벽에 문질렀어. 흙과 먼지와 밥풀이 한데 섞여 눈곱만 한 환약처럼 되었네! 그걸 대접에 수북이 쌓아 놓았지. 며칠 후, 임금님이 엉터리의원을 불렀어.

"함경도 의술 약 대령하라."

엉터리의원은 자기도 모르게 대접을 내보이며 말했어.

"이걸 빠시셔서[부셔서] 천문창에 바르면 병이 나을 겁니다."

아이고! 엉터리의원은 무슨 생각이었을까? 그런데 뜻밖에도 왕비의 병이 다 나았다지 뭐야. 팔도의 이름난 의원도 못 고친 병을 엉터리의원이 고치다니! 엉터리의원 자신도 믿을 수가 없었지. 사실 엉터리의원이 만든 환약은 벽상토라는 것이었어. 벽상토는 천문창을 고치는 약재였대. 엉터리의원은 운도 참 좋아.

_ 영동군 양강면

2-9. 받은 대로 갚는 도깨비

한양에 활쏘기 내기를 무척 좋아해서 가난해진 양반이 있었어. 이 양반이 살림살이를 모두 거덜내고 앉아 있는데 한날은 부인이 말했지.

"영감, 이제 우리는 어찌 살아야 하우?"

"……."

"이건 시집올 때 가져온 월자인데, 이거라도 팔아서 오시오."

월자는 여자들이 머리숱을 많아 보이게 하는 장식품이야. 요즘으로 말하면 가발 같은 거지. 양반은 월자를 팔러 장터로 나갔어. 양반 체면에 월자전 문지방을 넘지 못하고 기웃거리고만 있었지. 눈치 빠른 상점 주인은 양반에게 돈 일곱 냥을 주고 월자를 샀어. 속상한 양반은 날이 저물도록 술을 먹었어. 술이 얼큰하게 취해 남은 돈 닷 냥을 허리춤에 차고 집으로 돌아오던 중이었어. 누군가가 양반에게 넙죽 절을 하며 말했지.

"서방님! 지는 아랫마을 사는 김서방이구먼유."

"그래. 무슨 일이냐?"

"오늘 저녁이 지 아부지 제삿날인디 돈 닷 냥만 빌려 주세유. 낼 저녁에 드릴게유."

"거 참 딱하다."

양반은 월자를 팔아서 쓰고 남은 돈 닷 냥을 모두 내주었어.

다음 날 저녁이 되었어.

"서방님, 서방님!"

"누구냐?"

"엊저녁에 빌려간 돈 닷 냥 가져왔구먼유."

하면서 마당에다 훌렁 던지거든.

양반이 방문을 열고 보니 사람은 없고 돈 닷 냥만 마당에 떨어져 있었지. 양반은 김서방이 빌려간 돈을 갚은 것이라고 생각했어. 그런데 다음 날 저녁에도 또 부르는 소리가 났어.

"서방님, 서방님!"

"누구냐?"

"엊저녁에 빌려간 돈 닷 냥 가져왔구먼유."

이렇게 저녁마다 돈 닷 냥을 울타리 너머로 훌떡 던지고 간단 말이지. 돈을 빌려갔던 건 김서방이 아니라 도깨비였던 거야. 양반은 도깨비 덕에 금방 부자가 됐지.

그런데 이웃에 사는 사람들이 가만히 보니 참 희한하거든. 그 집에는 일전 한 푼 버는 사람도 없는데 부자가 됐으니 말이야. 하루는 욕심 많은 이웃집 양반이 찾아왔어.

"네 이놈! 어떻게 하루아침에 부자가 되느냐? 도적질을 하지 않고서야 그게 될 말이냐?"

욕심쟁이의 호통에 놀란 양반은 사실대로 말했지.

욕심쟁이는 양반의 말이 사실인지 숨어서 지켜보기로 했어. 저녁이 되자 정말 도깨비가 돈을 훌렁 던져 놓고 가거든. 욕심쟁이도 부자가 되고 싶었어.

다음 날 저녁, 욕심쟁이도 주막에 가서 술을 먹고 집으로 가고 있었어. 그때 도깨비가 나와 넙죽 절을 하며 말했지.

"서방님, 오늘 지 아부지 제삿날인디 신주 좀 빌려 줘유. 낼 저녁에 드릴게유."

"그려? 그래라."

욕심쟁이는 신주는 그만두고 돈이나 가져오기를 내심 바랐어. 드디어 다음 날 저녁이 되었지. 도깨비가 불렀어.

"서방님, 서방님"

"누구냐?"

"엊저녁에 빌려간 신주 가져왔구먼유."

하더니 마당에다 휘죽 던지고 가거든. 욕심쟁이 마당에는 도깨비가 던지고 간 신주가 산처럼 쌓여 갔지. 그럴수록 한양 양반들 집에서는 신주가 없어졌다고 난리가 났어.

이 사실을 알게 된 나라님은 욕심쟁이를 멀리 귀양 보냈대. _영동군 영동읍

3부

동물과 사람들이 얽혀 사는 이야기

3-1. 우렁색시

우렁색시 얻은 총각

옛날 옛적에 남의 집 일을 도와주며 혼자 사는 총각이 있었어. 농사를 지어도 혼자 먹어야 하니 재미가 없거든. 총각이 하루는 벼를 베면서,

"아이고, 이 베벼를 비서베어서 누구랑 먹고 살까?"

하니,

"나랑 먹고 살지!"

한단 말이야. 거참 이상하다. 총각이 또 한 번 들어보려고 귀를 쫑긋 세우며 말했어.

"이 농사를 지서지어서 누구랑 먹고 살까?"

"나랑 먹고 살지!"

얼른 소리 나는 곳을 파 보니 우렁이가 있지 않겠어!

"참 울빙이도 말을 하는가?"

이상하거든. 총각은 우렁이를 깨끗이 씻어 물항아리에 넣으며 말했어.

"나락을 비다가 밥을 해 먹어야 하는디 누가 밥이나 해 놓으면 얼마나 좋을까?"

이렇게 중얼거리며 총각은 벼를 베러 나갔지. 벼를 다 베고 돌아왔는데, 글쎄 세상에 없는 반찬들이 차려져 있는 거야. 벼를 베고 오면 또 밥상이 차려져 있고, 다음 날도 또 차려져 있었지. 그걸 먹으면서도 궁금하거든.

하루는 총각이 나가는 척하다가 부엌에서 키를 쓰고 숨어 있었어. 그런데 점심때가 되니 물항아리에서 선녀가 나온단 말이야. 선녀는 밥을 지어 놓고 항아리 속으로 또 들어가는 거야. 다음 날, 숨어 있던 총각은 항아리 속으로 들어가려는 선녀를 붙잡았어.

"왜 들어가유. 나랑 같이 살아유."

"아직 시간이 안 됐습니다. 지금 저와 살면 사람들이 어디서 훔쳐 온 줄 알 것입니다. 그러니 타작을 다 할 때까지 며칠만 더 기다리세요."

선녀는 다시 물항아리로 들어갔어. 며칠 후 벼 타작을 다 한 총각은 잔치 준비를 했어. 우렁이 색시를 맞이하기 위해서지. 그런데 물항아리에서 사람들이 나오더니 세상에 없는 음식들을 한상 가득 차려 놓는 거야. 총각과 우렁색시는 마을 사람들을 불러 잔치를 벌이고 혼인을 했어. _ 영동군 용산면

임금님과의 내기에 이긴 총각

우렁색시가 선녀 같다는 소문이 임금님 귀에도 들어갔어. 임금님은 총각을 불러 말했어.

"너 어떻게 해서 그런 부인을 만나서 사느냐?"

총각은 사실 얘기를 다 했어.

"그러냐? 그런 미인은 너같이 하찮은 사람이 데리고 살 수가 없으니, 나에게 보내거라. 그러면 내 재산의 반을 주겠다."

"안 됩니다."

"그래? 너, 마누라를 안 뺏기려면 웃는 꽃하고 말하는 물을 구해 오너라."

허 참, 그걸 어디 가서 구할 수 있겠어. 총각은 기가 막혔지. 집에 돌아와서도 물 한 그릇, 밥 한 술을 뜨지 못하고 한숨만 쉬었어. 그렇게 속을 끓이고 누워 있으니 우렁색시가 물었어.

"당신 밥도 안 잡숫고 왜 그러세요?"

"임금님이 웃는 꽃하구 말하는 물을 구해 오라니, 그걸 어디서 구한단 말이오."

"내가 다 준비할 테니, 걱정 말고 밥이나 잡수세요."

우렁색시의 말을 믿고 총각은 밥을 먹었어. 며칠 후 임금님이 총각의 집으로 찾아왔어.

"그래 웃는 꽃과 말하는 물은 구해 놨느냐?"

"예."

"그럼 내 앞에 갖다 놔 봐라."

임금님 앞에 웃는 꽃과 말하는 물을 가져다 놓고 총각이 말했어.

"꽃아, 웃어라."

'헤헤 헬떡.'

"물아, 말해라."

'올랑 졸랑.'

임금님이 진 거야. 분한 마음을 참지 못한 임금님은 다시 내기를 했어.

"메뚜기 석 섬을 잡아 놓아라."

총각이 밥을 안 먹고 또 속을 끓이니, 우렁색시가 말했어.

"내가 할 테니 밥 잡수세요. 동네 사람 다 불러서 참바칡끈를 꽈서 논둑에다 걸쳐 놓으라고 해요."

우렁색시의 말대로 논에 참바를 걸쳐 놓으니 메뚜기가 바글바글하게 엉겨 붙거든. 그걸 죽 훑으니 한 섬 가득 되었지. 금세 석 섬을 다 잡았어. 임금님이 와서 물었어.

"메뚜기 석 섬 잡아놨느냐?"

"예."

임금님은 총각 말이 거짓말 같거든. 메뚜기 석 섬을 어떻게 잡겠어.

"정말 잡아 놨느냐? 그럼 내 앞에 갖다 놔 봐라."

총각은 메뚜기 석 섬을 임금님 앞에서 열어 보였어. 그러자 메뚜기가 임금님을 둘러싸고 뜯어 먹는데 아파 못 견디겠거든. 임금님이 말했어.

"이거 다 들어가도록 해라."

총각이 말했어.

"들어가라."

그러자 메뚜기들이 가마니 안으로 다 들어간단 말이지. 임금님이 또 진 거야. 두 번이나 내기에 진 임금님은 오기가 생겼지. 그래 이번에는 말을 타고 강을 뛰어넘는 내기를 하자고 했어.

그거 참 어렵거든. 저 넓은 강을 뛰어넘을 수 있는 말을 어디서 구할 수 있겠어. 속을 끓이고 있는 총각을 보고 우렁색시가 말했어.

"또 왜 그러세요?"

"말을 타고 저 강물을 뛰어넘지 못하면 부인을 뺏긴다는데,

내게 그런 말이 어딨소?"

"걱정마세요."

며칠 후 키 크고 날렵해 보이는 말을 타고 임금님이 찾아왔어. 총각은 염소만 한 말을 끌고 나와 임금님께 말했지.

"임금님이 먼저 뛰어넘을까유? 지가 먼저 뛰넘을까유?"

총각의 말을 본 임금님은 의기양양하게 자기가 먼저 뛰어넘겠다고 했어. 임금님 말은 날아가는 듯하더니 강 한가운데에 푹 빠졌어. 임금님까지 죽은 거지. 총각도 염소만 한 말을 달려 강을 건넜어. 금방이라도 빠질 것 같은데 말이 하늘을 날아 십 리를 더 가서 내려오더래. 내기에 이긴 총각은 우렁색시와 오래오래 행복하게 잘 살았대. _ 영동군 용산면

3-2. 호랑이의 선물

옛날에 굶기를 밥 먹듯 하는 부부가 있었어. 어찌나 가난한지 동네 사람이 고사라도 지내야 겨우 먹을 수 있었지. 가난한 집 남편은 하루하루를 연명하다 보니 오기가 생겼지.

'이래 살다 죽나 저래 살다 죽나, 죽기는 매한가진디, 세상 구경이나 한 번 해봐야겄다.'

남편은 부인을 남겨두고 집을 떠났어. 한참을 가는데 큰 호랑이가 떡 하니 나타났어.

"애고, 난 이제 죽었다. 날 잡아먹으려고 그러냐?"

그 말을 알아들었는지 호랑이가 고개를 설렁설렁 흔들더니 등을 디밀었어.

"니 등에 올라타라는 겨?"

호랑이는 고개를 끄덕끄덕했지. 그래 올라탔어. 호랑이는 마치 날개가 달린 듯 숲속을 헤쳐 나가더니 어느 굴 속으로 들어가 남편을 내려놓았어. 거기에는 힘없이 누워 있는 새끼 호랑이 한 마리가 있었지. 호랑이는 제 새끼 입을 크게 벌려 남편에게 보였어. 어떤 부인을 잡아먹었는지 새끼 호랑이 목구멍에 비녀가 걸려 있거든. 호랑이는 비녀를 꺼내 달라고 남편을 데리고 온 거였어. 남편은 새끼 호랑이를 반짝 들어 엎어놓고 비녀를 쭉 잡아 뺐어. 그러자 새끼 호랑이는 좋아서 이리저리 뛰어다니고 그런단 말이야. 그러는 사이에 날이 저물었어. 남편은 하는 수 없이 호랑이와 함께 동굴에서 밤을 지냈어. 날이 밝자 남편이 말했어.

"나 갈란다."

그러자 호랑이가 바위틈에서 보자기를 하나 물고 나와 남편 앞에 내려놓았지. 남편은 보자기를 들고 산을 내려왔어. 한참을 걸어서 어느 마을에 도착하게 되었지. 남편은 그 마을에서 제일 큰 기와집에 들어가 기세등등하게 말했어.

"날도 저물고 하니 하룻밤만 자고 갑시다."

주인이 허락하여 사랑에 앉아 이런저런 얘기를 했지. 그런데 주인 얼굴에 근심이 가득해 보이거든. 남편이 물었어.

"무슨 걱정이 있어유?"

"에휴! 딸이 하나 있는데 무슨 병인지도 모르고, 그저 죽을 날만 기다리고 있습니다."

"에휴 저런! 어쩌다가 그리 됐대유."

남편은 그때 호랑이가 준 보자기가 생각났어. 혹시 귀한 물건이 들어 있을지 몰라 밖에 나가 주인 몰래 풀어 보았지.

'이게 뭐야? 귀후비개와 침이잖아! 기대한 내가 잘못이지.'

남편은 허탈해하며 귀이개로 귀를 한번 후벼 봤어. 그러자 신기하게도 새들이 하는 말이 들리지 않겠어!

'이 집 주인은 참 바보야. 딸의 뱃속에 지네 새끼가 들어 있는데 그걸 모르고 죽기만 기다리고 있으니 말이야.'

'그러게.'

'배꼽 밑에 침 한 대만 놓으면 살 수 있는데 그걸 모르다니. 쯧쯧.'

'그러게.'

나무에서 참새들이 재잘대면서 주인집 이야기를 하고 있는 거야.

'옳거니!'

남편은 사랑방으로 들어가 주인에게 말했어.

"제가 따님의 병환을 살펴보면 어떨까유?"

"그래요? 무슨 좋은 수라도 있나요?"

지푸라기라도 잡고 싶은 마음이었던 주인은 남편에게 딸을 보여 주었어. 남편은 참새의 말대로 딸의 배꼽 밑에 침을 놓았어. 그러자 배꼽에서 지네 새끼들이 슬금슬금 기어 나왔고, 곧 딸의 혈색이 돌아왔어. 남편은 며칠 동안 부잣집에서 머물며 후한 대접을 받고 많은 돈까지 받았지. 부자가 된 남편은 기쁜 마음으로 집에 돌아와 부인을 불렀어. 그런데 아무리 불러도 부인은 나오지 않는 거야!

'내가 없는 사이 굶어 죽었는가?'

남편은 덜컥 겁이 났어. 그때 옆집 개가 컹컹 짖는 소리가 들렸어.

'아휴, 저 바보! 자기 부인이 다른 남자에게 시집간 줄도 모르는 저 바보!'

남편은 뭐 그냥 웃었지. _ 영동군 양강면

3-3. 호랑이를 감동시킨 과부며느리의 효심

조치원 봉암마을에 과부며느리 하나가 살았지. 시집온 지 한 달 만에 남편이 죽어 청상과부가 된 거야. 이 과부며느리는 나이 많은 시아버지를 공경하며 잘 살고 있었어.

하루는 강 건너 마을에 살고 있는 친정어머니가 찾아왔어.

"애야, 인제 고생 고만하고 개가혀라."

"안 돼유. 늙으신 시아버지를 두고 워트게어떻게 시집간대유. 그런 말씀하실 테면 오지 마세유!"

딸이 질색하며 말하니 친정어머니는 그 꼴이 보기 싫거든.

그후로 며칠이 지났어. 저녁 해가 넘어갈 때쯤 어떤 사람이 부고장을 가지고 왔지. 바로 친정어머니의 부고장이었어. 아니, 며칠 전까지도 멀쩡했던 어머니가 돌아가셨다니! 과부며느리는 가슴이 철렁 내려앉았지. 과부며느리는 한참을 땅에 엎드려 서럽게 울다가 부엌으로 가서 녹두죽을 쑤기 시작했어. 일을 마친 과부며느리는 이웃집 할머니를 찾아갔어.

“할머니, 지가 친정어머니 장사를 치르고 와야 하니 지 아버님 좀 살펴봐 주세유. 녹두죽을 쑤어 놓았으니 아버님께 드리면 돼유.”

과부며느리는 시아버지를 부탁하고 부랴부랴 친정집으로 달려갔어. 날이 저물어 도착한 친정집은 조용했어. 이상하다고 생각한 과부며느리가 안방 문을 열었더니, 거기에는 돌아가셨다는 친정엄마가 아버지와 앉아 멍석을 짜고 있지 않겠어! 순간 속았구나! 싶은 생각에 화가 난 과부며느리가 말했어.

“어머니, 아부지! 워트게 이런 말도 안 되는 부고장을 보낼 수 있대유?”

“너 오라고 그랬어.”

“그냥 오라믄 될 것이지, 꼭 이렇게 해야 된대유?”

“그냥 오라면 네가 오냐? 너 고생하는 거 이제 더 이상 두고는 못 보넹께, 그만 시집가라!”

친정어머니의 말이 끝나기가 무섭게 아버지도 한마디 했어.

“그래, 그만하면 됐어! 이 동네에 쇠돌이라는 홀아비가 있는디 그 사람한테 개가혀.”

자기 마음을 몰라 주는 부모님이 야속하기만 했지. 과부며느리는 뒤도 돌아보지 않고 친정집을 뛰쳐나왔어. 울며 한참을 달려 강에 도착했어. 시댁으로 가려면 큰 강을 건너야 하는데 배가 보이지 않는 거야. 그러니 이제 두 다리를 뻗고 우는 거지.

'내 신세 참 처량하다! 저 강물에 빠져 죽을까?'

이런 생각을 하며 울고 있는데 갑자기 호랑이가 나타났어.

"호랑이구나! 날 잡아먹으려고 그러냐?"

호랑이가 고개를 달랑달랑 흔들더니 등을 내밀었어.

"니 등에 타라는 거여?"

호랑이가 고개를 끄덕였어. 호랑이는 과부며느리를 태우고 쏜살같이 달려 집 마당에 내려 주었어.

과부며느리는 예전처럼 시아버지를 공경하며 살고 있었지. 그러던 어느 날 밤, 과부며느리의 꿈에 호랑이가 눈물을 흘리며 나타났어. 그 호랑이는 분명 자기를 도와준 호랑이였어. 호랑이에게 무슨 일이 생긴 게 틀림없었지! 과부며느리는 포수들이 잘 다니는 짤뚝이 고개를 찾아갔어. 역시 그곳에는 함정에 빠진 호랑이를 잡으려고 포수들이 총을 겨누고 있었지. 과부며느리가 포수들의 총을 가로막으며 소리쳤어.

"제발 총을 쏘지 마유! 이 호랑이는 지를 도와준 호랑이구먼유."

그러고는 함정으로 뛰어들었지. 순간 으르렁대던 호랑이가 조용해졌어. 이 광경을 본 포수들이 말했어.

"옳다! 저 호랑이는 산신령이로구나! 산신령이 도와주는 건 효부다."

포수들은 커다란 나무를 내려 호랑이와 과부며느리를 꺼내 주었어.

이 이야기를 고을 원님도 듣게 되었지. 원님은 과부며느리의 효심을 크게 칭찬하여 짤뚝이 고개 너머에 효부문을 세워 주었어. 그후로 짤뚝이 고개를 지나는 사람마다 과부며느리의 효심을 칭찬하지 않는 사람이 없더래. _ 청주시 내덕동

3-4. 은혜 갚은 참새

옛날에 어떤 사람이 아이를 낳았는데, 지나가던 중이 그 갓난아이의 관상을 보더니 말했어.

"허어! 이 아이는 호산에 갈 상이라."

놀란 아이 어머니가 중에게 물었어.

"아이구, 어렵게 어렵게 아들 하날 얻었는데 호랑이한테 잡혀갈 상이라니! 이를 어쩌면 좋소? 제발 방도만 알려주시오. 내 무엇이든 다 하겄소."

"여덟 살 먹걸랑 절루 보내라."

어느덧 아이 나이 여덟 살이 되었어. 중의 말을 잊지 않았던 어머니는 아이를 깊은 산속에 있는 절로 보냈지.

그날부터 동자승이 된 아이는 절밥을 지으며 사는데 말동무도 없고 아주 심심했어. 하루는 밥을 지으려고 샘에서 쌀을 씻고 있었어. 쌀 찌꺼기가 씻겨 물에 떠내려갈 때마다 참새들이 쪼아

먹으려고 날아오는 거야. 외로웠던 동자승은 매일 참새들에게 쌀을 한 움큼씩 던져 주었어. 날이 갈수록 점점 참새들이 떼를 지어 날아들었지.

하루는 스님이 동자승을 불러 고사리를 꺾어 오라며 망태기를 주었어. 고사리는 깊은 산중에 있으니 산속으로 더 들어가야만 했어. 동자승은 빈 망태기를 메고 고사리를 찾아 산속을 헤매다녔지. 그런데 갑자기 눈앞에 호랑이 한 마리가 떡 하니 서 있지 뭐야.

"너는 오늘 내 먹잇감이 됐다. 그게 니 운명이다."

호랑이가 말했어. 하지만 동자승은 태연하면서도 당돌하게 말했지.

"그게 지 운명이면 할 수 없지유. 날 잡솨야지 우떡해유."

그때였어. 어디선가 수백 아니 수천 마리의 참새 떼가 나타나 호랑이를 쪼기 시작했어. 호랑이는 참새 떼에 쫓겨 달아나다 낭떠러지에서 떨어져 죽고 말았지. 어떻게 알았는지 동자승에게 모이를 얻어먹은 참새들이 은혜를 갚으려고 구해 주었던 거야. _

영동군 용산면

3-5. 뱀 덕분에 사나운 마누라 길들인 남편

옛날에 가축을 많이 기르는 부부가 있었어. 부인은 매일같이 남편을 쥐 잡듯 했지만 남편은 불평 한마디 하지 않았지.

어느 날 남편이 양 떼를 몰고 오다가 들판에 불이 난 걸 보았어. 그런데 그 불 속에 커다란 뱀 한 마리가 있지 않겠어.

'비록 뱀이지만 저렇게 죽어서는 안 되지!'

남편은 불을 꺼서 뱀을 살려 주었어.

그리고 며칠이 지났어. 남편이 양 떼를 우리에 넣고 있을 때 웬 젊은이가 다가와서 인사를 하는 거야. 그러면서 하는 말이,

"일전에 제 생명을 구해 주셔서 감사합니다. 제 아버지가 뵙고자 하니 저와 같이 가시지요."

그 젊은이는 남편이 구해 준 뱀이었지. 남편은 젊은이를 따라갔어. 가다 보니 으리으리한 궁궐이 나왔지. 뱀의 아버지는 그 궁궐의 주인이었어.

“제 자식을 구해 주셔서 감사합니다. 이 은혜를 그냥 지나칠 수 없기에 모셨습니다.”

“아이구, 그런 말을 마세유. 비록 뱀이지만 목숨이 경각에 달렸는디 어떻게 모른 척 할 수가 있었겠슈. 보답을 받으려고 한 것은 아녀유.”

“하지만 은혜를 입었으면 갚는 게 도리지요. 원하는 걸 말씀해 보세요.”

“정 그러면 한 가지 있긴 한디…. 지가 동물을 꽤 여럿 키우는디 도대체 이놈들이 뭐라고 지껄여 싸는지 도통 알아듣질 못해유. 물이 먹고 싶은지, 배가 고픈지, 어디가 아픈지 제발 그놈들 말을 알아들을 수 있다면 좋겠구먼유.”

“그거야 어렵지 않습니다. 이곳을 나가시는 순간 다 알아들으실 겁니다. 단, 어느 누구에게도 절대 이 사실을 말해서는 안 됩니다. 명심하셔야 합니다.”

“야, 명심하구 말구유.”

집에 돌아온 남편은 여느 때처럼 부인과 함께 양 떼를 몰러 나갔지. 그런데 자기를 태운 말이 부인을 태운 말에게 말하는 소리가 들리는 거야.

‘너는 팔자도 좋다!’

‘그게 무슨 말이야?’

'너는 여자를 태웠으니 가벼운데, 나는 남자를 태워 무거워서 당최 힘들어 죽겄다!'

이 말을 들은 남편은 부인을 보고 빙긋 웃었어. 부인은 노발대발 화를 냈지. 자기를 보고 비웃는다고 생각한 거야. 집에 돌아오자마자 부인은 남편에게 따졌어.

"도대체 왜 나를 보고 비웃은 거유?"

"내가 언제 비웃었다고 그러오."

"아까 말 위에서 비웃었잖아유!"

남편이 아무리 아니라고 말해도 부인은 믿지 않았어. 부인의 성화가 점점 심해지자 남편은 말했어.

"사실대로 말하면 내가 죽는데 그래도 좋단 말여?"

"아니, 무슨 그런 말이 있대유? 하여간 그래도 좋으니 어서 말해 봐유!"

하는 수 없이 남편은 사실대로 말하려고 마음먹었어. 그때 개가 사납게 짖어대기 시작했어. 남편이 말을 못하게 하려는 거지. 남편이 개 소리를 가만히 들어보니 이렇더래.

'야, 이 못된 닭 놈들아! 주인의 목숨이 경각에 달려 있는데 우째 모이만 주워 먹고 있느냐?'

그러자 수탉이 '꼬끼오' 하며 말했어.

'죽게 내버려 둬. 사내 구실을 못하면 죽는 게 당연하지 뭐!'

'그게 무슨 말이냐?'

'나를 봐라. 마누라가 열이라도 내가 화 한 번만 내면 다들 꼼짝두 못하는데, 그래 기집 하날 못 다스리니 그게 사내냐?'

수탉의 말을 듣고 남편이 곰곰이 생각해 보니 맞는 말이거든.

남편이 큰소리로 부인에게 호통을 쳤어.

"아니, 정말 내가 죽어도 좋다는 거요? 그래, 당신 속만 편하면 나는 어떻게 되든 상관없단 말이지? 나도 그런 부인 필요 없네!"

부인은 생전 처음 듣는 남편의 호통에 깜짝 놀랐어. 손이 발이 되도록 싹싹 빌었지.

이렇게 남편은 성깔 사나운 부인을 길들여 한평생 잘 살았대.

_ 영동군 황금면

3-6. 지네를 부인으로 얻은 도령

죽을 자리에서 만난 연분

어느 마을에 홀어머니와 사는 부잣집 도령이 있었어. 이 도령은 얼굴도 잘생기고 글재주도 뛰어났지. 하지만 한번 놀기 시작하면 끝낼 줄 모르는 게 흠이었어.

어느 날 도령은 과거를 보러 한양으로 갔어. 배를 타고 한강을 건널 때였지. 건너편에 사람들이 모여 활 쏘고 술 마시고 춤추며 놀고 있는 거야. 참새가 방앗간을 그냥 지나칠 수 있나. 도령은 그곳에서 세월 가는 줄 모르고 놀다 과거 보는 날도 잊어버린 거라. 당나귀에 하나 가득 싣고 온 돈도 다 써 버렸지. 그래 집으로 사람을 보내 돈을 한 바리 실어 왔어. 그렇게 도령은 삼 년을 먹고 마시며 놀았지. 또 돈이 떨어졌어. 이번에도 집에서 돈자루가 왔는데 그 속에는 어머니 편지가 들어 있었어.

'아버지가 물려 준 재산을 네가 전부 탕진했다. 이게 마지막

재산이니 그런 줄 알고나 써라.'

도령은 이 편지를 보고도 눈 하나 꿈쩍하지 않고 여전히 놀고 먹으며 돈을 다 써 버렸지. 그동안 '형님, 형님' 하며 따르던 사람들은 슬금슬금 하나씩 둘씩 떠나고 도령 혼자만 남았지.

'아차! 내가 속았구나! 과거도 못 보고 집에서 가지고 온 돈도 다 썼으니 어머님 얼굴을 어떻게 뵌단 말인가? 차라리 저 삼각산으로 올라가서 죽자!'

도령이 죽기로 마음먹고 삼각산으로 올라가는데 갑자기 천둥번개가 치면서 비가 쏟아지기 시작했지. 도령은 비를 피하려고 커다란 바위 밑으로 들어갔어. 그때 여인네들이 비를 맞으며 떡시루를 이고 올라왔지. 여인들은 총각이 있는 바위 앞에 떡시루를 놓고 절하기 시작했어. 그 중 한 여인이 말했어.

"삼 년이면 연분을 만난다고 했는디…. 아가씨, 우짠대유. 이렇게 비가 오고 천둥번개가 치믄 그분이 올 리가 있겄시유?"

그러니 아가씨가 말했지.

"산신령님도 거짓말을 하시는가?"

둘은 그러면서 절을 한단 말이야. 도령이 가만히 숨어서 듣자 하니 궁금하거든. 그래 불쑥 일어나 말했어.

"어떤 사람을 기다리는데 그러십니까?"

"어머나! 이렇게 뵙기를 학수고대하며 삼 년 동안 지성을 드렸습니다. 오늘이 마지막 날인데 당신을 만났으니 당신이 바로 저의 연분입니다."

한 번 부인은 영원한 부인

어여쁜 여인은 도령을 자기 집으로 데리고 갔어. 어찌나 집이 넓고 좋던지 도령 눈이 휘둥그레졌지. 도령은 날마다 시녀들과 활 쏘고 장구를 치면서 지냈어. 복 많은 놈은 오나가나 복이지 뭐. 이렇게 세월을 보내고 있는데 부인이 말했지.

"당신 내 소원 하나 들어줘야 됩니다. 내일 이 산을 넘어 가면 작은 동네가 나오는데 그곳에서 수염이 하얗게 난 노인을 볼 것입니다. 그 노인이 무슨 말을 해도 듣는 척만 하세요."

다음 날, 도령은 산을 넘어 작은 동네로 갔어. 과연 수염이 하얗게 난 노인이 있는데 도령을 보더니 말했어.

"니는 시방 요물에게 속고 있어. 그 여자는 사람이 아니고 천 년 묵은 지네여. 니가 집으로 돌아가면 소복을 입은 부인이 밥상을 차려 두고 맞이할 것인디, 그 밥을 먹으면 니는 죽어. 니가 살라믄 부인에게 침을 세 번 뱉고, 부인 뺨을 세 번 때려라. 그러믄 부인이 죽을 겨."

집으로 돌아오는 도령의 발걸음은 무겁기만 했어. 아니나 다를까, 소복 입은 부인이 밥상을 차려 놓고 기다리고 있었지. 도령은 생각했어.

'그래, 어차피 죽기로 한 몸인데 며칠간이나마 즐겁게 살았다. 이 또한 이 여자의 덕인데 어찌 요물이라고 하여 죽일 수가 있겠는가.'

도령이 밥 한 숟가락을 떠서 입에 넣으려고 했어. 그 순간 부인이 도령의 손을 잡더니 말했어.

"어째, 그 밥을 먹고 죽으려 하십니까?"

"나는 본디 예전에 죽으려고 했었소. 다만 부인 덕에 며칠을 더 살았으니 무슨 여한이 있겠소."

"이제 저의 모든 액운이 다 지났습니다. 원래 저는 지네이고 노인은 구렁이입니다. 저는 저를 진심으로 사랑하는 사람을 만나면 승천할 수 있습니다. 당신 덕분에 승천하게 되었으니 소원을 말해 보시오."

"나는 돈도 원 없이 써 봤소. 다만 조상 대대로 내려온 유산을 전부 팔아 썼으니 무슨 면목이 있겠소. 그것만 다시 되찾을 수 있다면야."

"잘 들으십시오. 날이 새면 산을 내려가 꼬챙이 하나 들고 다니면서 금을 그어 놓으세요. 그리고 점심이 되면 천둥번개가 칠 테니 이곳으로 와 계십시오."

부인이 말을 마치자 큰 집은 어디론가 사라지고 도령은 바위 밑에 앉아 있었어.

다음 날 도령은 산을 내려가 꼬챙이로 금을 그으며 다녔어. 사람들은 도령을 보고 미쳤다고 손가락질을 했지. 점심 때가 되었어. 느닷없이 천둥번개가 치고 비가 오더니 온 마을이 물에 잠겼어. 모든 것이 다 쓸려 내려간 땅은 누가 주인인지 알 수 없었지. 다만 도령이 금을 그어 놓은 땅에 도령의 이름만 새겨져 있을 뿐이야. 그래서 도령은 부자가 되었대._ 청주시 내덕동

4부

꾀 보따리, 지혜 보따리

4-1. 훈장의 말문을 막히게 한 학동

어느 날 훈장님이 서당 아이들을 모아 놓고 물었어.

"너희는 커서 뭐가 되려느냐?"

공부를 제일 잘하는 아이가 얼른 대답했어.

"예, 저는 커서 훈장님처럼 아이들을 훈육하는 사람이 되겠습니다."

"암 그렇지, 그렇구 말구."

훈장은 무릎을 '탁' 치며 기분 좋아했지.

다음엔 집은 부자지만 공부가 시원치 않은 학동에게 물었어.

"그래 너는 커서 뭐가 되려느냐?"

"예, 저는 돈을 많이 모아 없는 사람을 도와주면 좋겠습니다."

"아, 그렇지! 그거 장한 일이다."

훈장은 아이들의 듣기 좋은 말에 한껏 기분이 좋아졌지.

이번엔 한쪽 옆에 앉아 있는 아이에게 물었어. 이 아이는 공부는 그럭저럭 하지만 아주 집안이 가난했어. 한 번도 훈장님에게 쓴 담배 한 대 못 갖다 드릴 정도였지.

"그래 너는 커서 뭐가 되려느냐?"

가난한 학동은 대답을 못하고 실실 웃고만 있었어.

"이놈! 선생이 묻는데 어째 웃기만 하고 대답이 없느냐?"

훈장님의 호통에도 계속 웃으면서 대답을 안 했어. 그 모습에 더욱 화가 난 훈장은 곰방대로 방바닥을 딱딱 두드리며 호통을 쳤어.

"이놈! 당장 대답하지 못할까?"

"예, 지는 다른 건 없구유. 커다란 당나귀 좆 세 개만 있었으면 좋겠어유."

이 아이가 마지못해 입을 떼는데, 그 자세가 엉거주춤 하거든. 금방이라도 달아날 자세야.

훈장은 기가 막혔지. 망건 관자놀이가 터지도록 성을 불끈 내며 말했어.

"뭐? 이놈 글을 잘 배워서 뭐 한다는 얘기는 없고, 당나귀 좆 세 개? 그래 당나귀 좆을 어디다 쓰려고 하느냐?"

"훈장님, 고정허시고 지 말 좀 들어보세유. 저기, 저 훈장이 되겠다는 놈 말여유. 저놈은 훈장님이 안 계실 때 제가 글자 한 자 알려 달라면 쥐어 박구 한 자두 안 가르쳐 줘유. 그러는 놈이 뭐

몽매한 아이들을 잘 가르친다고 하니 다 거짓말이지유. 거짓말 하는 저놈 입에 당나귀 좆 하나 물려야 되겄어유."

"그래? 또 하나는?"

"집이 좀 잘사는 저놈 말여유. 저놈은 항시 쌀밥을 싸오는데 먹고 남겼어도 밥 못 먹은 친구에게 한 숟가락 주는 걸 못 봤어유. 누룽지는 더 말할 필요도 없구유. 그런 놈이 무슨 남을 도와준다고 해유? 그 말도 모두 거짓이니 저놈에게도 당나귀 좆 하나 물려야 되겄어유."

"그래, 또 하나는?"

우물쭈물하며 가난한 학동이 말했어.

"예, 그런 아이들 말을 듣고 무릎을 치며 '그렇지!' 감탄하는 스승님도 당나귀 좆 하나 물려야 되겄구먼유."

그러더니 문을 박차고 쏜살같이 도망가 버리더란 말이지. 그 훈장, 참, 수염을 쓱 쓸어내리며 아무 할 말이 없더래. _ 청주시 사직동

4-2. 똑 부러지는 아들의 한마디

무주 어느 마을에 정씨와 이씨가 살았어. 둘은 콩 한쪽도 나눠 먹는 아주 친한 사이야. 얼마나 친하면 장가도 한날 한시에 들었대. 둘은 오랜 세월 동안 친형제처럼 사이좋게 지냈지.

그런데 이씨에겐 큰 걱정이 하나 있었어. 혼인한 지 십 년이 넘도록 자식이 안 생기는 거야. 이씨는 고민 끝에 정씨를 찾아가 말했어.

"자네에게 어려운 부탁이 있어 왔네."

"우리 사이에 어려울 게 뭐 있나? 어서 말해 보게."

"음~, 내겐 아들은커녕 자식도 없지 않나. 그래서 말인데, 자네는 아들을 많이 뒀으니, 오늘밤에 내 대신 아들을 낳게 해 달란 말이지."

정씨는 말도 안 된다며 펄쩍 뛰었어. 그래도 이씨는 평생의 소원이니 한 번만 들어 달라고 간절히 부탁했지. 그렇게 실랑이를 하다가 정씨는 마지못해 승낙했어.

일 년 후 이씨의 부인이 아들을 낳았어. 이씨는 고맙다며 정씨에게 땅 세 마지기를 주었지. 이씨 부부는 아들을 금지옥엽 지극정성으로 키웠어. 아들이 자랄수록 총명하고 재주가 좋아 이씨의 입가엔 웃음이 끊일 날이 없었지. 이런 이씨를 보면서 정씨는 은근히 샘이 났어. 그 아이는 자기 씨거든.

하루는 정씨가 이씨를 찾아와 아들을 달라고 했어. 마른 하늘에 날벼락도 유분수지! 이씨는 말도 못하고 멍하니 하늘만 쳐다보고 있었어. 그렇게 며칠을 보내고 있으니, 걱정이 된 아들이 물었어.

"아버님, 무엇 땜에 그래유?"

"넌 알 거 없다."

"아버님이 안 가르쳐 주시면 저는 오늘 물에 빠져 죽을랍니다."

이씨는 긴 한숨을 내쉬며 말했어.

"내가 자식을 못 둬 정씨를 데려다 널 낳았다. 그런디 지금 와서 널 데려간다고 하니, 내가 걱정이 돼서 그란다."

"아이고, 아부지. 별 걸 다 걱정하시네유. 제가 가서 해결하고 올께유."

아들은 새 옷으로 갈아입고 정씨 집을 찾아갔어. 아들이 제

발로 찾아오니 정씨는 싱글벙글 반가워했지.

"애, 너 왔느냐?"

"예, 왔습니다. 그런데 오다가 별 우스운 꼴을 다 봤지 뭐예유."

"우스운 꼴? 그게 뭐냐?"

"아랫집은 배추밭, 윗집은 무밭인데, 아랫집 배추밭에 무가 났답니다. 그런데 윗집 사람은 자기네 무라고 자꾸 달라고 하는데 그걸 줘야 되겠습니까? 안 줘야 되겠습니까?"

"아랫집 땅에 났으니 아랫집 것이 당연하지."

"그러면 내가 이씨 집에서 낳는데, 어찌 정씨네 아들이 될 수 있습니까?"

똑 부러지는 아들의 말에 정씨는 입이 딱 벌어졌어. 의리 없이 욕심만 부리다가 망신 당한 거지. _ 영동군 학산면

4-3. 거짓말을 거짓말로 물리친 부인

옛날 어느 마을에 바보가 장가를 갔는데, 그 부인이 예쁘고 똑똑하단 말이지. 이걸 시기한 친구 놈 둘이 어떻게든 바보의 부인을 빼앗으려고 했어. 두 놈은 궁리 끝에 바보를 불러 말했어.

"우리 셋 중에 그짓말거짓말을 젤 잘하는 놈이 마누라 뺏기로 하자."

"나는 얘기도 헐 줄 모르는디!"

"에이, 이 자슥아! 얘기 헐 줄도 모르는 사람이 어딨냐?"

두 놈이 자꾸 내기를 하자고 조르니 바보가 허락했지. 한 놈이 먼저 거짓말을 했어.

"나는 질길을 가다 바늘 하나를 주웠는디, 그걸로 문고리를 맹글어도만들어도 바늘 한 개가 그냥 남는 겨."

그 말을 들은 또 한 놈이 거짓말을 했지.

"그건 그짓말도 아녀. 나는 삼 년 묵은 말가죽을 다락에다 얹어 놨는디, 고게 없어졌지 뭐여. 알고 보니 고것이 이른 봄에 단 풀내를 맡고 뒤뜰에 나갔더란 말여."

두 친구의 거짓말을 들은 바보가 풀 죽어 말했어.

"난 헐 얘기가 없다. 엊저녁에 저 건너 고모 댁에 갔더니 팥죽 한 그릇 줘서 먹었다."

"에이, 자슥아, 그건 그짓말이 아녀. 약속대로 내일 우리가 니 마누라 뺏으러 간다."

두 놈은 아주 신이 났어.

바보는 마누라 뺏길 생각을 하니 잠도 못 자고 밥도 못 먹고 끙끙 앓는단 말이지. 그걸 본 부인이 물었어.

"왜 밥도 안 먹고 그래유? 무슨 걱정이 있어유?"

"친구랑 그짓말 내기를 했는디 내가 졌어. 그래 오늘 마누라를 빼앗기게 됐으니 이 일을 어쩐댜!"

"에이! 이제 똑똑한 서방 하나 데리고 살겄네유. 그까짓 거 가지고 뭘 걱정해유."

"뭔 좋은 수가 있는감?"

"지가 시키는 대로만 해유. 어서 저 짚동에 가 누워유."

바보는 마당에 펼쳐져 있는 짚동에 가서 누웠어. 부인은 짚동을 돌돌 말아 삽짝문 옆에 세워 놓았지. 조금 후에 친구 두 놈이 찾아왔어.

"아무개 워디 갔냐?"

바보 부인이 부엌에서 나오며 말했어.

"아이구 모르겄소! 삼 년 묵은 말가죽이 다락에 있는 줄 알았더니만 단풀내를 맡고 없어졌지 뭐유. 뒤뜰로 말 찾으러 갔나 보우."

"아따, 그 여자 그짓말도 억시게 잘하네."

"그려? 그럼 당신들은 왜 그런 그짓말을 했소?"

이렇게 부인과 두 친구 놈이 옥신각신 싸우는 걸 듣고 있던 바보는 그만 껄껄 소리 내어 웃었어.

"아따, 짚동도 우릴 보고 웃는다!"

거짓말한 것이 창피한 두 놈은 꽁지가 빠지도록 도망치더래. _ 영동군 황금면

4-4. 똥 싼 며느리를 감싼 대감

옛날 어느 마을에서는 시집오는 첫날 저녁은 시어머니하고 자는 풍습이 있었대.

한 색시가 시집을 왔는데 시어머니랑 자게 됐어. 그런데 이 새댁이 자면서 똥을 싼 거야. 며느리가 똥을 쌌으니 시어머니에게는 큰 걱정거리가 됐지. 남 부끄럽고 창피하거든. 시어머니는 고민 고민하다가 자기 남편에게 얘기를 했어.

"대감! 며느리 잘 봤다구 해서 좋아했더니, 간밤에 똥을 싸가지구 온 방 안에 구린내가 그득하니 이걸 어떡합니까?"

"음… 알겠소."

이상하게도 시아버지는 새며느리가 똥 쌌다는 소리를 듣고도 놀라지 않았어. 날이 밝자 앞마당에는 동네 사람들과 친척들, 하인들이 새며느리의 얼굴을 보려고 모두 모였어. 그런데 새며느리가 똥을 쌌다는 사실을 사람들이 알면 어떻게 될까? 대감

체면이 말이 아니겠지. 그래 시어머니는 어쩔 줄 몰라 하고 있었어. 그런데 시아버지가 방문을 활짝 열고 나오더니 큰 소리로 말하더래.

"여봐라! 새며느리가 들어와서 똥을 싸면 우리 집은 부자가 되고, 안 싸면 망한다. 간밤에 새며느리가 똥을 쌌느냐? 안 쌌느냐?"

이렇게 며느리의 봉변을 모면시켜 주더란 말이지. 세상에나! 이런 시아버지가 어디 있겠어. _ 영동군 학산면

4-5. 못된 며느리 효부 만들기

홀시아버지를 모시고 사는 며느리가 있었어. 이 며느리가 시아버지에게 하는 행실이 아주 못됐지.

"아휴! 아버님, 늙어서 움직이지 않으면 큰일 나는 거유. 그러니 마당도 쓸고 뒤곁에 풀도 좀 뽑고 그러세유. 아버님은 이가 없으시니 고기반찬은 필요없쥬."

이러니 시아버지가 얼마나 괘씸하겠어. 은근히 부화가 치밀었지. 그래서 이 못된 며느리 버릇을 고쳐야 되겠다고 생각했어. 하루는 며느리를 불러 말했어.

"얘야, 오늘 저녁에 손님이 올 테니 밥 두 상을 봐 오너라."

"아니 아버님, 무슨 손님이 온단 말이에유?"

며느리는 입을 씰쭉쌜쭉하며 밥상 두 개를 차려 왔어. 그리고 시아버지에게 물었지.

"이제 저녁때가 다 되었는데 손님은 언제 와유?"

"곧 도착할 거다. 그러니 두 상 모두 거기에 놓아라."

며느리가 나가자 시아버지는 밥 한 상을 다락에 올려놓고 나서 친구를 불렀어. 둘은 저녁을 맛있게 먹고 장기를 두기 시작했어. 한참 동안 장기를 두던 시아버지가 친구에게 말했어.

"자네 출출하지 않은가? 아까 우리 며느리가 밤참으로 밥 한 상을 미리 준비해 놨네."

"허허, 밤참까지 미리 준비해 놓다니! 자네 며느리는 효부일세, 효부."

시아버지 친구는 입에 침이 마르도록 며느리를 칭찬하고 돌아갔어. 칭찬을 들은 며느리는 기분이 좋았지.

이튿날이 되자 시아버지는 며느리를 또 불렀어.

"오늘 손님이 올 테니 술을 받아 오너라."

"아니! 이번엔 술이에유? 생전 안 하던 걸 시키고, 아버님이 노망이 나셨구먼!"

며느리가 발끈하여 말했지. 하지만 지난밤에 들은 칭찬을 생각하니 가만 있을 수가 없었어. 며느리는 술 한 주전자를 시아버지 방에 들여놓았지. 시아버지는 술을 다락에 올려놓고 다른 친구를 불렀어. 둘이 한참을 얘기하다 보니 목이 말랐지. 시아버지는 다락문을 열어 술 주전자를 내렸어.

"우리 며느리가 얘기하다 목이 마르면 드시라고 준비한 술일

세. 자, 한 잔 하게나."

"아이고, 참 며느리 잘 뒀네!"

이번에도 시아버지 친구가 며느리 칭찬을 많이 했지.

결국 온 마을에 뉘 집 며느리가 효부라고 소문이 자자해졌어. 그 뒤로 며느리는 어떻게 되었을까? 시아버지를 공경하며 효심이 지극한 진짜 효부가 되었대. _ 청주시 모충동

4-6. 엉큼한 꾀로 장가든 총각

용산마을에 조실부모하고 혼자 어렵게 사는 총각이 있었어. 일가친척도 없이 남의 집 일을 해주며 근근이 살았지. 그런데 총각이 하루는 무슨 결심을 했는지 봇짐 하나 달랑 싸서 집을 떠났어. 정처 없이 남쪽으로 가다가 어느 마을에 도착했을 때야. 어떤 노인이 이리저리 총각을 훑어보더니 총각에게 물었어.

"이보게 총각, 어데 가는가?"

"야! 갈 데도 없고 오라는 데도 없이 이리저리 돌아댕기요."

"그럼 우리 집에 가서 일이나 허고 살어라."

마침 배도 고프고 잘 곳도 없던 총각은 냉큼 노인을 따라갔어. 며칠 일해 주고 대접받을 생각을 하니 콧노래가 절로 나왔지. 집에 도착하니 노인의 딸이 아버지를 맞이하러 나왔는데, 그 딸을 본 순간 총각은 넋을 잃고 말았어. 딸이 어찌나 예쁘던지 하늘에서 내려온 선녀 같았거든. 순간 총각은 결심했어.

'나는 저 딸과 꼭 인연을 맺어야겠다.'

그 뒤로 총각은 성실하고 부지런하게 일했어. 남 몰래 딸을 훔쳐보면서 말이야. 그러던 어느 무더운 여름날, 딸이 옷을 훌훌 벗고 자고 있는 걸 보았어. '이때다!' 생각한 총각은 살금살금 기어가 자기 옷을 벗어 딸의 이불 속에 넣어 놓았어. 그러고는 딸의 고쟁이를 입고 기어 나와 마당을 쓸기 시작했지. 그런데 총각이 마당을 쓸 때마다 궁둥이가 훌떡훌떡 보이거든. 그렇지! 고쟁이 밑이 트여져 있었으니 당연하지. 때마침 노인이 방문을 열고 나왔어. 총각이 마당을 쓰는데 궁둥이가 훌떡훌떡 보인단 말이야. 노인은 얼른 총각을 불러 말했어.

"얘, 너 이리 좀 가까이 와 보거라."

"야? 왜유?"

"니 옷 꼴이 그게 뭐냐?"

"에구머니!" 하며 총각이 궁둥이를 가리고 뛰어가는데 딸 방으로 들어간단 말이야. 딸은 자고 있는데 총각이 딸의 이불 속에서 옷을 꺼내 입는 거야. 그것을 본 노인은 할 말을 잃었어. 집도 없고, 배운 것도 없고, 남의 집이나 돌아다니며 겨우 먹고 사는 놈에게 딸을 주어야 한다니, 기막힐 노릇이지. 하지만 어쩌겠어. 사위로 삼을 수밖에. 엉큼하게 장가든 총각은 부지런히 일하며 예쁜 색시와 잘 살았대. _ 영동군 상촌면

4-7. 억센 신부를 길들인 꼬마신랑의 지혜

옛날에 꼬마신랑이 장가를 가는데 걱정이 많았어. 신부가 억세다는 소문이 온 마을에 파다했거든.

혼인 첫날밤, 신부는 원삼치마저고리를 입고 족두리 쓰고 다소곳이 앉아서 꼬마신랑을 기다리고 있었어. 그런데 한참이 지나도 꼬마신랑이 오질 않는 거야. 꼬마신랑은 그때까지 친척들과 술을 마시고 있었어. 신부는 슬슬 화가 나기 시작했어.

"흥! 이놈의 꼬마신랑, 들어오기만 해봐라!"

얼마나 지났을까. 벼르고 있던 신부는 지쳐서 꾸벅꾸벅 졸다가 원앙금침에 쓰러져 잠이 들었어. 새벽닭이 우니 얼큰하게 취한 꼬마신랑이 신방으로 들어왔어. 신부는 그것도 모르고 깊은 잠에 빠져 있었지. 그때 꼬마신랑은 방에 있던 물 한 사발을 신부가 자고 있는 이불 밑에 부었어. 그러고는 시치미를 뚝 떼고 자는 척을 했지. 곤히 자고 있던 신부는 이불 밑이 축축한 것이 이상하거든. 순간 화들짝 놀라서 벌떡 일어났어.

'아이쿠, 이런 망측한 일이 다 있나! 내가 오줌을 싸다니!'

신부가 이불 밑을 들춰보며 어쩔 줄을 몰라 하고 있는데, 꼬마신랑이 기지개를 켜며 일어났어.

"왜 그러시오?"

"아, 아무것도 아녀유."

"잡시다. 우리 사이에 무신 상관 있겠소."

꼬마신랑은 아는지 모르는지 이런 말을 하고는 다시 누웠어.

그날부터 색시는 꼬마신랑에게 일생을 꼼짝 못하고 살았어. 꼬마신랑이 눈만 부릅떠도 설설 기며 어른 대접을 해주었지. 사람들은 억세다고 소문났던 색시가 남편을 위하고 살림도 잘한다며 칭찬 일색이야.

꼬마신랑과 색시는 아들 딸 8남매를 두었어. 그리고 시집 장가도 다 보냈지.

세월이 흘러 꼬마신랑도 할아버지가 되고, 색시도 할머니가 되었어. 꼬마신랑의 환갑잔치 날이었어. 아들, 딸, 사위 그리고 손자, 손녀가 모두 모여 잔치를 벌이는데, 꼬마신랑이 재미있는 얘기를 들려주겠다며 말했어.

"느 어무니는 시집오기 전에 억세다고 소문이 파다했었지. 나는 어떻게 하믄 검은 머리가 파뿌리 될 때까지 살 수 있을까 궁리하다가 꾀를 냈어. 바로 첫날밤에 느 어무니 이불에 물을 부어 놓고 잤단 말이여. 느 어무니는 자기가 오줌 쌌는 줄 알고 일생을 꼼짝 못하고 살더라 이거여."

가만히 할아버지의 말을 듣고 있던 할머니가 벌떡 일어나 말했어.

"아이구! 요놈의 영감, 나는 할 말이 있어두 못하구 지금껏 살았는데!"

할머니 말에 그 자리는 웃음바다가 되었지. _ 영동군 황금면

4-8. 시골 부자의 재산 되찾기

옛날에 양반이 되고 싶은 시골 부자가 있었어. 그래서 벼슬을 사려고 돈을 가지고 한양 양반을 찾아갔지. 그런데 그놈의 한양 양반이 돈만 받고 벼슬은 주지 않는 거야. 빈털터리가 된 시골 부자가 털레털레 집으로 내려오는 길에 추풍령 고개를 넘게 되었어. 날은 저물고 첩첩산중에서 하룻밤 머물 곳을 찾는데 어디 집이 나와야 말이지. 한참을 갔더니 외딴집이 하나 보였어.

"쥔장 계시우? 먼 질[길] 가다 날이 저물어 그러는디 여기서 하룻밤 자고 갑시다."

"거 들어오시오."

주인이 윗방을 내주었어. 고단한 시골 부자는 금방 잠이 들었어. 얼마쯤 자는데 배꼽이 따끔하거든. 깜짝 놀라 눈을 번쩍 뜨니 자기가 소가 되었단 말이지.

날이 밝자 주인은 소가 된 시골 부자를 마당에 끌어다 놓았어. 빗자루로 소 등을 썩썩 쓸며 아이를 불러 말했어.

"너 소 꼴 먹일 때 무수[무]는 절대 멕이지 마라."

그래서 아이는 무가 있는 곳은 꼭 피해 다녔지.

소가 된 시골 부자는 아이가 소꼴을 아무리 베어 주어도 먹을 수가 없었어. 겉은 소지만 속은 사람이니 왜 안 그렇겠어. 시골 부자는 너무 배가 고팠지. 그렇게 밥 한 끼 못 먹고 있는데 웬 사람이 오더니 소를 끌고 갔어. 다른 사람에게 팔린 거야. 새 주인은 소를 외양간에 매어 놓고 잠을 자러 갔어. 소가 된 시골 부자는 너무 배가 고파 무엇이라도 먹으려고 외양간을 뛰쳐나갔어. 부엌으로 가보니 마침 김치를 담으려는지 배추랑 무가 잔뜩 있지 뭐야. 소가 된 시골 부자는 배추와 무를 정신없이 먹어치웠어. 그런데 그때 소가죽이 훌렁 벗겨지고 배꼽에서 조그만 도장 같은 게 쏙 빠진단 말이야. 그 도장을 얼른 주워 새 주인 집을 빠져 나왔어.

한참 도망을 가던 시골 부자는 잠깐 쉬며 생각했어. 그때 자기 돈을 되찾을 좋은 방법이 떠올랐지. 시골 부자는 한양 양반을 찾아갔어. 집에 내려간 줄 알았던 시골 부자가 다시 오자 한양 양반은 의아해하며 물었지.

"자네 집에 간다더니 왜 다시 왔나?"

"예, 갔다가 볼 일이 있어서 다시 왔지유."

"그런가?"

"이왕 왔으니, 대감마님 방에 따뜻하게 불을 때 드릴게유."

시골 부자가 불을 뜨뜻하게 때니, 한양 양반은 잠이 솔솔 쏟아지거든. 마냥 코를 골며 잠을 잤지. 시골 부자는 이때다 싶어 주머니에서 도장을 꺼내 한양 양반 배꼽에 올려놓았어. 그러자 한양 양반이 대번에 늙은 소가 되었지.

시골 부자는 아무것도 모르는 척하며 행랑채에 가서 잠을 잤어. 이튿날이 되자, 한양 양반이 소가 된 것을 안 집안사람들은 큰일 났다며 난리였지. 이때 시골 부자가 한양 양반의 아들에게 다가가 슬쩍 한마디 했어.

"우리 시골에 소가 된 사람을 잘 고치는 의원이 하나 있긴 한데…."

"그래? 당장 가서 데려와라."

"그게, 그 의원이 죽었는지 살었는지도 모르겄고, 돈도 많이 드는지라…."

"돈은 걱정 마라. 내 우선 노잣돈 삼백 냥을 줄 테니 가서 데리고 오너라."

삼백 냥을 받아 든 시골 부자는 집으로 내려왔어. 그 돈으로 다시 땅도 사고 쌀도 샀지. 그러고는 무 하나를 가마솥에 푹 삶아 국물을 내어 한양 양반 집으로 갔어. 아들에게 무 달인 물을 주면서 말했어.

“의원은 바빠서 못 오고, 약만 가져왔어유. 이 약을 먹이면 좀 나슬나을 것이구먼유.”

소가 된 한양 양반에게 그 물을 먹이니 뿔이 쏙 빠진단 말이야.

“거 참, 용하다. 이 약을 더 가져오너라.”

아들은 더 많이 가져오라며 돈 천 냥을 주었어. 시골 부자는 이번엔 무 두 개를 가마솥에 넣고 푹 삶았지. 그 물을 먹은 한양 양반은 이마털이 벗겨지고 본래 얼굴이 나왔지. 이렇게 돈 천 냥을 받을 때마다 무를 하나씩 늘려서 삶아다 주었어. 무 하나에 천 냥씩 받은 시골 부자는 금방 부자가 되었지. 언제쯤 한양 양반이 본래 모습으로 돌아왔냐고? 그 집이 쫄딱 망한 후래. _ 영동군 학산면

4-9. 부자가 되는 비결

옛날에 우애 좋은 형제가 살았어. 형은 부자였고 아우는 가난했지. 그런데 아우가 처음부터 가난했던 건 아니야. 아버지가 돌아가셨을 때 형과 아우는 유산을 똑같이 나누어 가졌어. 하지만 아우는 십 년 동안 일도 안 하고 야금야금 재산을 다 써 버렸지. 결국 거지가 되고 말았어.

하루는 아우의 부인이 바가지를 긁었어.

"여보, 큰댁은 저렇게 잘사는디, 우리 집은 왜 요 모양 요 꼴이란 말이오? 오늘은 무슨 일이 있어도 형님한테 부자가 되는 비결을 좀 알아 오시오!"

아우는 부인이 시키는 대로 형님을 찾아가서 비결을 물었어.

"부자 되는 비결은 따로 없다. 단 하나 이게 비결이라고 할 수 있을지는 모르지만 내 하나 가르쳐 줄 건 있지."

그러면서 외양간에서 거름을 치고 있는 아들을 불렀어.

"얘야, 너 오늘 할 일이 있다."

"예, 아부지."

"사다리 좀 가져와서 지붕에다 걸쳐 놔라."

아들은 아버지 말대로 했어.

"인제 가서 지가 하던 일을 마저 해도 될까유?

"아니다. 외양간에 가서 소 좀 몰구 나오너라."

아들이 소를 몰고 나오자 아버지가 또 일을 시켰어.

"너, 이 사다리를 타구서 소를 지붕으로 몰구 올라가거라."

"예."

아들은 군말 없이 고삐를 잡고 소를 뒤에서 몰았어.

"이려 이려! 이놈의 소. 저 지붕으로 올라가! 사다릴 타구 올라가. 이려 이려!"

그런데 소가 사다리를 타고 올라갈 재간이 있나. 아무리 소를 몰아도 불가능한 일이야. 하지만 아들은 계속 소고삐를 쥐고는 안간힘을 쓰고 있었어. 부엌에서 밥을 하던 어머니가 그 모습을 보고 쫓아 나오며 말했어.

"얘야, 니가 앞에서 끌어라. 내가 뒤에서 밀어줄게."

모자母子가 소 궁둥이를 밀고 끌고 난리가 났어. 이 모습을 한참 보던 형이 말했지.

"인제 그만하고 소를 외양간에 매 놓구 사다리도 치우거라."

"예, 아부지."

형이 고개를 돌려 아우를 보고 말했어.

"아우야, 내가 부자가 된 비결이 있다면 바로 이거다. 느이 집은 왜 그렇게 가난하게 되었는지 우리 같이 가 보자."

형제가 아우의 집에 도착했어. 아우는 형의 집에서 본 대로 하려고 아들을 불러 말했어.

"애, 너 사다리를 가져다 지붕에 걸쳐 놓거라."

"사다리는 왜유?"

"아니 글쎄 좀 쓸 데가 있으니 갖다 걸쳐 놓거라."

"그렇잖아도 바빠 죽겠는데 뜬금없이 사다린 왜 갖다 놓으라구 그래유?"

"야 이놈아, 갖다 놓으라면 좀 갖다 놔!"

아들이 마지못해 사다리를 가져다 지붕에 걸쳐 놨어. 그러자 아버지가 또 말했어.

"이제 외양간에 가서 소 좀 몰고 오너라."

"소유? 소는 또 왜 몰고 와유?"

"아, 글쎄. 몰고 오라면 몰고 와 이놈아!"

아들은 또 마지못해 소를 몰고 나왔지.

"너 그 소를 지붕으로 좀 올려라."

"네? 아버지 노망나셨소? 왜 사다리를 타고 소를 지붕에 올리래유?"

"야, 이놈아, 글쎄 올리래면 올려!"

이렇게 부자간에 실랑이를 하고 있으니 부엌에서 보고 있던 아내가 뛰쳐나왔어.

"야, 야, 느 아부지 노망났다. 노망났어. 그만둬라."

아내는 손사래를 치며 아들을 끌고 나갔지. 그걸 보던 형이 말했어.

"니가 못 사는 연유는 바로 이거다. 부자가 되려면 집안 법도를 바로 세워야 돼. 그러니 오늘부터 즉각 내가 하던 대로 아내와 자식을 가르쳐야만 부자가 될 수 있느니라." _ 영동군 학산면

4-10. 형님이 된 도둑

어느 집에서 일어난 이야기야. 해가 뉘엿뉘엿 지고 어둠이 조금씩 내려앉을 때 주인 영감이 외양간을 살피고 있었어. 그런데 외양간에 웬 사람이 있지 않겠어? 소를 훔치러 온 도둑이라는 걸 짐작한 주인 영감이 며느리를 큰소리로 불렀어.

"얘야, 오늘 밤참을 한 상 잘 차려서 내 방에 가져다 놓아라."

"예, 아버님."

밤이 되었어. 주인 영감은 며느리가 차려 놓은 밤참을 보고도 먹을 생각을 안 했어. 자정이 지나 주인 영감이 외양간으로 갔지. 그때까지 도둑은 꼼짝 못하고 엎드려 있더래. 주인 영감이 도둑에게 말했어.

"이 추위에 월매나 욕 보고 있나?"

'아니! 저 영감은 내가 여기 있는 줄 어떻게 알았지?'

화들짝 놀란 도둑은 슬그머니 일어났어. 주인 영감은 도둑을 방으로 데리고 들어가 밥도 주고 술도 주고 따뜻하게 잘 대해 주었지.

'도대체 이게 무슨 일이래?'

영문을 몰라 어리둥절해 하고 있는 도둑에게 주인 영감은 돈까지 주었어.

"이 돈이면 소 한 마리는 족히 살 걸세. 이걸 밑천으로 품도 팔고 나무장사도 하여 푼푼이 돈을 모으게. 다시는 도둑질 하지 말고 살란 말여."

세상에나! 이보다 더 고마운 일이 어디 있겠어. 도둑은 그 돈을 받아 집으로 돌아와서 아주 열심히 살았어. 주인 영감의 말대로 나무장사도 하고 품도 팔고 말이야. 그렇게 3년 동안 부지런히 일하다 보니 논도 사고 소도 사고, 참 살기 편해졌단 말이야.

어느 날 도둑은 무슨 생각에선지 시장에 가서 제일 좋은 소 한 마리를 샀어. 그리고 고기와 술을 장만하여 소를 끌고 주인 영감의 집을 찾아갔지.

"영감님 계셔유?"

그런데 집 안에서 상복을 입은 젊은 사람이 나오는 거야.

"누구십니까?"

"예, 여기 주인 영감님을 만나러 왔는디유."

"우리 아버님은 돌아가신 지 벌써 1년이 되었습니다."

"아휴! 이를 워쩐대유. 지가 예전에 영감님께 신세를 아주 많이 졌어유. 무덤이라도 찾아가 절을 드리고 싶은디유."

"네, 저를 따라오시지요."

도둑은 주인 영감의 무덤 앞에서 술을 부으며 탄식했어.

"아이고 영감님! 지는 영감님 덕분에 이렇게 사람구실 하며 잘 살고 있는디…. 흑흑흑."

도둑은 아들에게 예전에 있었던 이야기를 들려주었어.

"이 소는 제가 영감님께 은혜를 갚으려고 준비해 온 거예유. 이제 영감님이 안 계시니 아드님이 대신 받으세유."

"아닙니다. 아닙니다. 제가 받을 수는 없습니다. 돌아가신 아버님도 원치 않을 겁니다. 도로 가지고 가십시오."

"아니에유. 받으셔야 돼유. 지는 영감님이 아니었다면 평생 도둑으로 살았을 거유. 지가 평생토록 영감님을 아버지로 모시면서 은혜를 갚으려고 했는디…."

"그러세요. 제 아버님를 아버지라고 부르시면 저에게는 형님이 되겠네요. 그럼 우리 앞으로 형제로 지냅시다."

둘은 의형제를 맺어서 서로 보살피며 친하게 지냈대. _단양군 가곡면

4-11. 곰방대로 잡은 호랑이

옛날에 술을 잔뜩 먹은 주정뱅이가 천마산 고개를 넘어가고 있었어. 이리 비틀, 저리 비틀, 가다 보니 슬슬 졸음이 쏟아졌지. 그래 길에 엎어져 잠을 잤어. 얼마나 잤을까? 술이 조금 깬 주정뱅이는 머리가 축축한 것이 느껴졌어.

'이게 워짠 일이랴?'

눈을 떠 보니 범이 꼬리에 물을 적셔 자기 머리에 방울방울 떨어뜨리고 있거든. 주정뱅이가 깨어나면 잡아먹으려고 했던 거지. 주정뱅이는 큰일 났다 싶었어.

'나는 이제 죽었구나!'

주정뱅이는 다시 눈을 감고 죽은 척했어. 그때 호랑이가 주정뱅이 얼굴에 코를 대고 킁킁대더니 사라졌어. 잠시 뒤 호랑이는 꼬리에 물을 적시고 돌아왔어. 그러고는 주정뱅이 머리에 또 물을 방울방울 떨어뜨렸어. 이렇게 호랑이는 몇 번을 반복했어. 주정뱅이는 생각했지.

'범에 물려가도 정신만 배짝바짝 차리면 산댔지? 그려, 살 구멍을 찾아보자.'

호랑이가 또 물을 적시러 간 사이 주정뱅이는 눈을 떠서 주변을 둘러봤어. 곰방대 하나가 눈에 들어왔지. 주정뱅이는 얼른 일어나 곰방대를 손에 쥐고 다시 죽은 척하고 누웠어. 호랑이가 돌아와 또 주정뱅이의 얼굴에 코를 대고 킁킁 냄새를 맡았지. 그때였어.

'에라! 모르겄다!'

주정뱅이는 눈을 딱 감고 곰방대를 호랑이 콧구멍에 쿡 찔러 넣었어. 깜짝 놀란 호랑이는 으르렁 거리며 산으로 도망쳤지. 그렇게 해서 주정뱅이는 무사히 산을 내려왔대.

며칠이 지났어. 마을 사람이 죽은 호랑이를 얻었다고 기뻐하며 가지고 왔지. 그런데 글쎄 죽은 호랑이 코에 곰방대가 꽂혀 있지 뭐야. 맞아, 바로 그 호랑이였어. 호랑이는 곰방대 때문에 먹지도 못하고 빼빼 말라 가죽만 남았더래. 곰방대 하나로 호랑이를 잡을 줄 누가 알았겠어._ 영동군 양강면

4-12. 멍텅구리 호랑이와 꾀보 토끼

옛날 옛날 아주 먼 옛날에 토끼 한 마리가 산길을 가고 있었어. 그런데 저만치에서 호랑이가 뭘 주워 먹고 있더래. 토끼가 호랑이 앞에 날름 앉으며 말했어.

"호랑이님, 호랑이님, 무얼 먹고 있습니까?"

"상관하지 마라. 아니지! 배도 고픈데 네 놈을 잡아먹어야겠다."

"아이쿠! 무슨 말씀이세요. 제가 호랑이님을 배부르게 해드릴 테니, 절 따라오세요. 마침 제가 참새 사냥을 가던 길이었거든요."

호랑이는 토끼를 따라 갈대밭으로 갔어. 참새를 먼저 먹고 토끼는 나중에 잡아먹을 속셈이었지.

"호랑이님, 무슨 일이 있어도 눈을 꼭 감고 입을 딱 벌리고 있어야 해요. 그러면 참새 떼가 호랑이님 입 속으로 엄청 날아 들어갈 거예요. 그때 입을 꽉 다무세요."

호랑이는 갈대밭 한가운데서 눈을 감고 입을 딱 벌리고 앉아 있었어. 잠시 후 후드득 후드득하는 소리가 들렸어.

'아이구, 이제야 참새 고기를 배부르게 먹을 수 있겠군.'

호랑이가 흐뭇해하고 있는데 그때 토끼가 물었어.

"호랑이님 어때요? 참새가 많이 들어갔나요?"

"소리만 나지 아직 안 들어온다."

"호랑이님, 조금만 더 기다리세요."

"알았다. 킁킁킁, 근데 이게 무슨 냄새냐? 앗 뜨거워!"

꾀보 토끼가 갈대밭에 불을 붙인 거야. 호랑이는 제 몸에 불이 붙는 줄도 모르고 참새고기 먹을 생각만 한 거지. 호랑이는 제 몸에 붙은 불을 끄려고 데굴데굴 굴렀어. 겨우 목숨은 건졌지만 호랑이 꼴이 우습게 되었지.

"두고 보자, 토끼 놈!"

겨울이 왔어. 호랑이가 어슬렁어슬렁 길을 가는데 토끼란 놈이 폴짝폴짝 뛰어오고 있지 않겠어. 호랑이는 토끼 앞에 펄쩍 뛰어가 말했어.

"네 이놈 토끼야! 잘 만났다. 지난번엔 나를 골탕 먹였겠다."

"아이고 호랑이님, 제가 얼마나 호랑이님을 찾아다녔게요. 지난번 일을 사죄하려고 물고기 많은 곳을 알아두었습니다."

"토끼 네놈의 말을 어찌 믿겠느냐?"

"제 말이 거짓이라면 저를 잡아 드세요."

호랑이가 듣기에 자기 목숨까지 내놓으며 하는 토끼의 말이 진심인 것 같거든.

"호랑이님, 이 웅덩이에 들어가 입을 벌리고 있으면 제가 물고기를 몰고 오겠습니다."

"날도 추운데…. 입만 벌리고 있으면 정말 물고기가 들어오냐?"

"그럼요. 그렇게 조금만 기다리시면 배불리 먹을 수 있지요. 자! 입을 크게 벌리세요."

"아~ 이렇게 말이냐?"

"예 예, 조금만 더 몸을 물속 깊이 넣으세요. 그래야 물고기가 달아나지 않습니다."

"아이구, 추워! 이렇게 말이냐?"

토끼는 물고기를 모는 척하며 멀리 도망갔어. 호랑이는 그것도 모르고 찬 물속에서 입을 딱 벌리고 앉아 물고기가 입속으로 들어오기만 기다렸지. 멍텅구리 호랑이는 어떻게 되었을까? _ 청주시 모충동

5부

속을 풀어주는 웃긴 이야기

5-1. 바보 신랑

바보 신랑의 엉뚱한 말

어느 마을에 한 부부가 살았는데 어렵게 아들 하나를 얻었어. 그런데 이 아들은 자라면서 글도 모르고 셈도 모르고 놀기만 좋아하는데 미련하기까지 했어. 그래서 아무도 이 아들에게 딸을 주려고 하지 않았지. 부부는 그래도 혹시나 하는 마음에 이곳저곳에 중매를 놓았어. 그러던 어느 날 바보에게 시집을 오겠다는 색시가 나타났어. 부부는 큰 걱정을 덜긴 했지만 바보 아들만 생각하면 한숨만 나왔지. 걱정이 된 부부는 아들을 불러 신신당부를 했어.

"내일이 너 장가가는 날이여. 내일버텀내일부터 지금처럼 밤낮으로 놀기만 하면 안 된다! 알겠지?"

"헤헤, 저 장가가유?"

"그려, 그러니깨 내 말 잘 들어. 첫날밤에 점잖은 신랑 노릇을 하려면 아랫목에 딱 앉아 있는 겨. 그러다 잘 시간이 되면 이 말만 햐."

"그게 뭔디유?"

"백공천창百孔穿窓: 신방을 훔쳐보려고 뚫은 구멍들."

"백공천창?"

"그려, 이 한마디면 문 밖에 있던 구경꾼들이 죄다 유식하다고 할 겨."

"알았유! 백공천창."

"그리고 장모가 아침상을 차려오면, '만반진수滿盤珍羞: 한상 가득 차린 성찬로군' 햐."

"만반진수로군!"

"그랴, 꼭 그렇게 해야 혀."

"백공천창, 만반진수, 백공천창, 만반진수…."

다음 날이 되자 바보는 사모관대를 차려입고 색시 집으로 향했어. '백공천창, 만반진수'를 끊임없이 중얼거리며 말이야. 그러다 도랑이 나오자 펄쩍 건너뛰었지.

"어! 뭐였더라! 만-만- 천-"

바보는 그만 도랑을 건너다 부모가 알려 준 말을 홀딱 까먹은 거야. 이를 어째! 한참을 생각하던 바보가 무릎을 탁 쳤어.

"아하, 그렇지! 만반진수, 백공천창!"

무사히 색시 집에 도착하여 혼례를 치르고 신랑신부가 신방에 앉아 있었어. 문 밖에서 사람들의 웃는 소리가 들려왔어. 구경꾼들이 문에 구멍을 뚫고 신방을 훔쳐보고 있는 거야. 바보는 아버지가 일러 준 말을 떠올렸어. 그리고 구경꾼들을 향해 큰 소리로 말했지.

"어허! 만반진수로군!"

그러자 문 밖에서는 킥킥거리고 야단이 났어. 바보는 생각했지. '유식한 사람을 보니 좋아서 웃나 보다.'

다음 날 아침이 되니 장모가 진수성찬을 차려왔어. 그걸 본 바보가 말했어.

"백공천창이로고."

바보 신랑의 말을 들은 장모는 헛웃음을 지으며 나갔지.

바보 신랑의 좌충우돌

장가간 이튿날, 바보 신랑이 색시에게 물었어.

"저녁 밥상에서 먹은 그 무 말유. 동동 뜨는 게 시원한데 뭐라고 그러오?"

"나박김치 말여유?"

"나박김치! 그려? 그거 어디다 뒀소?"

"부뚜막에 있지유."

"근디 동글동글하고 볼그스름하고 누르면 툭 터질 것 같고 야들야들 달고 맛있는, 그건 뭐라고 그러오?"

"아, 그건 홍시 아녀유. 홍시도 몰러유?"

"홍시는 어딨소?"

"앞마당 감나무에 매달린 게 다 홍시지 뭐유?"

색시는 너무나 기가 막혔어. 나박김치도 모르고 홍시도 모르는 것이 어디 말이나 돼!

바보 신랑은 색시의 말을 새겨 뒀다가, 자다 말고 슬그머니 일어나 부엌으로 갔어. 색시 말대로 부뚜막 위에는 나박김치 항아리가 하나 있었지. 바보 신랑은 두 손 몽땅 항아리 속에 집어넣었어. 그러고는 나박김치를 한 움큼 쥐고 손을 빼려고 했어. 바보 신랑이 아무리 애를 써도 손을 뺄 수가 있나! 결국 이리저리 흔들다가 '쨍그랑' 하고 항아리만 깼지. 그 소리에 동네 개가 짖고 난리가 났어. 밖이 시끄러우니 장인이 방문을 열며 소리쳤어.

"게 누구냐?"

그 순간 색시가 뛰어나오며 말했어.

"아이고 아버지, 고양이가 오니까 개가 짖나 봐유."

그 색시 눈치도 빠르지! 이런 재치 있는 색시를 얻다니 바보 신랑은 복도 많아.

방으로 돌아온 바보 신랑은 잠을 잘 수가 없었어. 이번엔 홍시가 눈에 어른거렸거든. 그걸 참지 못한 바보 신랑이 슬그머니 또 방을 나왔어. 아무도 자기를 알아보지 못하게 옷을 홀딱 벗고 감나무에 올라갔지. 바보 신랑이 정신없이 감을 따 먹는데 장인이 방문을 열고 나왔어.

"어휴! 저놈의 개들 땜에 잠이 싹 달아났네! 홍시나 하나 따 먹을까."

이렇게 말하며 장인은 장대로 감 하나를 옭아맸어. 그런데 그건 감이 아니라 바보 신랑의 불알이었지. 바보 신랑은 장인에게 들킬까봐 아프다는 소리도 내질 못했어. 그때 장인이 장대를 힘껏 잡아당겼어. 그 순간 바보 신랑은 너무 아파 똥을 왈칵 싸고 말았어. 똥이 장인 머리로 떨어졌지.

"아이쿠! 이거 감이 너무 곯았다. 에 퉤퉤퉤!"

장인은 머리를 두어 번 흔들더니 방으로 들어갔어.

한참 후 방으로 돌아온 바보 신랑은 지금까지 한 짓이 미안한지 가만히 이불 속으로 들어가서 잠을 잤어. 색시는 그걸 다 알면서도 모르는 척할 수밖에 없었지.

"에휴! 혼인을 했으니 이제 와서 안 산다구 할 수도 없구."

이 색시 신세 타령이 절로 나오더래. _ 영동군 학산면

5-2. 중국 사신을 이긴 떡보 총각

평양에 애꾸눈 총각이 있었어. 사람들은 이 총각을 떡보 총각이라고 불렀지. 떡을 어찌나 좋아하는지 '떡' 소리만 들어도 자다가 벌떡 일어날 정도였대.

하루는 떡보 총각이 남의 집 허드렛일을 하고 집으로 가는데 사람들이 웅성거리며 모여 있는 걸 보았어. 궁금한 떡보 총각이 물었어.

"무슨 일이래유?"

"아 글쎄, 중국 사신보다 더 뛰어난 재주꾼을 뽑는다. 재주 있는 놈이면 팔자 고치겠구먼."

"그래유! 워디로 가면 된대유?"

"그거야 원님한테 가면 되겠지."

떡보 총각은 그길로 원님을 찾아갔어.

"나으리, 재주꾼을 뽑는다고 했지유? 재주를 부리면 떡두 실컷 주나유?"

"떡뿐이겠느냐, 그보다 더한 것두 주지."

"그럼 그 재주 지가 부릴게유."

딱 봐도 재주가 없는 놈인데 재주를 부린다니! 원님은 기가 막혔어. 하지만 방을 보고도 어느 놈 하나 찾아오지 않는데, 이 미련한 녀석만이 나라를 걱정하는 것이 기특했지. 원님은 떡보 총각을 궁궐로 데리고 갔어. 임금님은 떡보 총각을 보고 고개를 갸웃하더니 물었어.

"네가 정말 중국 사신들을 대적할 수 있겠느냐?"

"암만유, 할 수 있구먼유."

"만약 니가 이기면 소원을 들어주지만, 그렇지 못하면 니 목을 내놓아야 하는데 그래도 하겠느냐?"

"야! 그런디, 지가 이기면 진짜루 떡을 실컷 먹을 수 있는 거지유?"

"그렇다. 그럼 지금부터 무엇을 해주면 되겠느냐?"

"압록강가에다 좋은 배 한 척만 맹글어만들어 주세유."

임금님은 떡보에게 배를 만들어 주고 떡도 실컷 먹게 해주었어.

떡보 총각은 매일 배에 올라 중국 사신을 기다렸어. 그러던 어느 날 중국 사신들이 압록강에 도착했어. 그들은 강가에서 제일 좋은 배를 골라 탔어. 그 배는 떡보 총각의 배였지. 배에 오른 중국 사신 한 명이 사공을 보고 중얼거렸어.

"니 눈깔은 새가 빼 갔구나!"

그 말을 들은 떡보 총각이 말했어.

"니 입은 바람을 맞았구나!"

떡보 총각이 보기에 그 사신의 입이 샐쭉했거든.

중국 사신이 가만히 생각하니 그놈 참 우습단 말이지. 이번엔 떡보 총각이 어떻게 나오나 보려고 손으로 동그라미를 그렸어. 그랬더니 떡보 총각은 네모를 그리지 않겠어. '그놈 만만치 않다'고 생각한 중국 사신은 손가락 세 개를 펴 보였어. 그러자 떡보 총각은 손가락 다섯 개를 펴 보였지. 이번엔 중국 사신이 수염을 쓰다듬었어. 그러니 떡보 총각은 배를 두드렸지.

떡보 총각의 행동에 놀란 중국 사신이 말했어.

"캬! 저놈 대단한 놈이다. 내가 하늘은 둥글다고 동그라미를 그리니, 네모진 땅을 그리네! 또 '삼강을 아느냐?'고 손가락 세 개를 펼치니, 오륜까지 안다고 손가락 다섯 개를 펴 보이네! 신농씨를 아는지 수염을 만지니, 복희씨도 안다며 배를 쓰다듬네! 무엇이든 나보다 한 발 앞선단 말이지. 사공이 저럴진대 조선 선비들이야 어떠하겠는가?"

중국 사신들은 아무 말도 못하고 돌아갔어. 이 소식을 들은 임금님은 기뻐하며 떡보 총각을 궁궐로 불러 물었지.

"어떻게 중국 사신들을 대적했느냐?"

"야, 중국 사신이 동그란 호떡을 그리길래 지는 네모난 인절미를 그렸지유. 또 호떡 시세 개를 먹었다고 하길래 지는 인절미 다섯 개를 먹었다고 손가락을 펴 보였구유. 중국 인재가 수염을 만지며 맛있었다고 하길래 지는 맛도 좋고 배도 부르다고 배를 만졌지유. 그랬더니 배를 돌려 가던디유."

떡보 총각의 말에 임금님은 껄껄 웃으며 신하에게 명령했어.

"여봐라! 떡보 총각이 떡을 먹고 싶다고 하면 언제든 평생 먹을 수 있도록 해주어라!" _ 청주시 탑동

5-3. 건달에게 속은 두 쿵쿵이

옛날에 윗마을과 아랫마을에 두 쿵쿵이가 살았지. 말만 하려면 쿵쿵댔기 때문에 사람들이 쿵쿵이라고 불렀어. 두 쿵쿵이는 일 잘하고 성실하지만 장가를 못 들었어. 여자들은 두 쿵쿵이에게 시집오기를 꺼려했지. 어느 날이었어. 윗마을 건달이 아랫마을 쿵쿵이를 찾아왔어.

"자네, 뭐 하고 있는 겨?"

"쿵쿵쿵! 성님 왔어유. 워짠 일이래유? 쿵쿵!"

"자네 좀 볼라고 왔어. 자네 늦도록 장개도 못 가고 거 장개 안 갈라나?"

"쿵쿵! 아이고 성님! 누가 지 같은 사람한테, 쿵쿵! 시집온대유. 쿵!"

"암만! 돈만 있으면 돼야. 저짝 과부가 있는디 빚이 좀 있댜. 한 50냥 된다는디."

"쿵! 빚만 갚으면 시집온대유? 쿵! 근디 시방은 없고, 쿵! 며칠만 있으면, 만들어 놓을 순 있구먼유, 쿵쿵!"

"그려! 그럼 내가 지금 당장 과부한테 가서 그렇게 얘기할 테니깨, 열흘 후 점심때 우리 집에서 봐."

"쿵쿵! 좋아유, 쿵쿵쿵!"

건달은 윗마을 쿵쿵이에게도 똑같이 말했어. 다만 아랫마을 쿵쿵이는 점심에, 윗마을 쿵쿵이는 깜깜한 밤에 오라고 일러두었지.

장가들 생각에 신이 난 두 쿵쿵이는 집안 살림을 모두 팔아 돈을 모았어. 약속한 날이 되었어. 점심때가 되자 아랫마을 쿵쿵이는 돈 50냥을 손에 쥐고 건달 집을 찾아갔어.

"쿵쿵쿵! 성님 워디 있어유? 쿵쿵!"

"왔는가? 돈은 다 해 온 겨?"

"쿵쿵! 암만유, 쿵쿵!"

"과부는 저녁에 데리고 올 테니깨 여 들어와 있어."

"쿵쿵! 야 쿵!"

"혹시 과부가 들어오믄 아무 말 말어. 그냥 끌어안고 기운대로 하기만 햐."

건달은 아랫마을 쿵쿵이에게 일러두고 집을 나갔어.

아랫마을 쿵쿵이는 방안에서 이불을 뒤집어쓰고 귀를 쫑긋 세워 밖의 소리에 귀를 기울이고 있었어. 얼마나 시간이 흘렀을까. 건달의 말소리가 들렸어.

"저짝 방에 있으니께 들어가 봐."

방문 열리는 소리가 들리고 한 사람이 살그머니 들어와 앉았어. 아랫마을 쿵쿵이 가슴은 콩닥콩닥 방망이질 쳤지. 때는 이때다! 아랫마을 쿵쿵이가 아무 말도 하지 않고 과부댁을 덥석 끌어안았어. 그런데 과부댁이 어찌나 힘이 세던지 넘어가질 않는 거야.

아랫마을 쿵쿵이는 다시 한 번 있는 힘을 다해 과부댁을 넘기려고 했어. 하지만 헛수고였지. 사실 건달이 데려온 사람은 과부댁이 아니라 윗마을 쿵쿵이였어. 건달에게 속은 거지 뭐. 이것도 모르고 두 쿵쿵이는 서로 넘기려고만 했으니 얼마나 우스워! 그렇게 힘겨루기를 하다 윗마을 쿵쿵이가 그만 '쿵!' 하고 소리를 냈어.

"쿵쿵쿵! 아니 쿵, 이상하!"

"쿵쿵쿵! 아니 쿵, 너는?"

어둠속에서 서로를 알아본 두 쿵쿵이는 기가 막혀 헛웃음만 나왔지. 그날 이후 장가도 못 들고 모든 걸 빼앗긴 두 쿵쿵이는 팥밭을 일구며 함께 살게 되었대. _ 영동군 영동읍

5-4. 소몰이보다 힘든 『맹자』 읽기

삼복 더위가 기승을 부리던 어느 날이었어. 한 총각 머슴이 주인을 가만히 지켜보니 주인 팔자가 참 좋더란 말이지. 높은 대청 위에서 도포 입고 버선 신고 가부좌를 틀고 앉아 『맹자』만 읽고 있으면 되거든. 그런데 머슴은 어디 그렇게 할 수 있나. 소 꼴 베어 오랴, 나무 해 오랴, 밭일에 논일에, 몸이 열 개라도 모자를 지경이었어. 신세타령이 절로 나왔지.

"어떤 사람은 팔자가 좋아서 신선놀음 하고 있는데 내 팔자는 어째서 이 삼복 더위에 소나 몰고 일해야 하는 요 모양 요 꼴이 됐나."

이 말을 들은 주인이 머슴을 불렀어.

"얘야, 너 하는 말 다 들었다. 세상이 불공평해선 못 쓰지. 하니까 오늘부터 너하고 나하고 처지를 바꾸자. 내가 소를 몰고 일할 테니 너는 내 옷을 입고 여 와서 『맹자』를 읽거라."

주인은 옷과 버선을 벗어 머슴에게 입혔어. 또 머리에 상투를 틀고 망건을 씌우고 도포를 입혀 대청에 앉혔지. 물론 『맹자』 책도 빼먹지 않았어. 머슴은 처음엔 어리둥절했지만 막상 주인의 옷을 입고 대청에 앉게 되니 기분이 좋았어. 마치 신선이 된 것 같았지. 허허, 누워서 떡 먹기랄까.

그런데 시간이 조금씩 지날수록 당최 몸이 쑤셔 견딜 수가 없었어. 딱딱한 마룻바닥 때문에 다리는 아파오지, 솜버선을 신은 발은 덥지, 망건 밑으로 땀은 줄줄 흐르는데 『맹자』를 읽으라니! 당최 사람이 견딜 수가 없는 거야. 결국 『맹자』 한 대목을 채 못 읽고 주인에게 말했어.

"그저 소인이 잘못했구먼유. 지는 소 몰구서 일하는 것이 낫지, 이거 도저히 못하겄어유."

머슴은 다시 쇠꼴잠뱅이로 갈아입고는 소를 몰고 나가 일을 했어. 그런데 소가 영 말을 안 듣는 거라. 이리로 가라면 저리로 가고, 저리로 가라면 이리로 가거든. 화가 머리끝까지 난 머슴이 말했어.

"이놈의 소, 어저저저! 자꾸 말 안 들으면 대청에 올려 앉혀 놓고 『맹자』나 읽으라고 할겨!" _ 영동군 학산면

5-5. 시골 양반의 지식 자랑

옛날에 시골 양반이 한양에 있는 사돈 집에 놀러 가서 생긴 일이야. 하루는 사돈 친구들이 찾아와 죽 둘러앉아 얘기를 하는데, 시골 양반은 도통 알아들을 수 없었지. 의기소침해진 시골 양반은 생각했어. '한양 양반들은 죄다 글을 잘 알구 유식허구나!'

시골 양반은 기가 죽어 한쪽 옆에 앉아 한양 양반들이 하는 얘기만 듣고 있었어. 다음날에도 그 친구들이 찾아왔어. 시골 양반은 그날도 구석에 앉아 있었어. 그런데 그걸 본 사돈 친구 한 명이 말했어.

"저 양반도 같이 어울려서 시 한 수씩 짓는 건 어떨까요?"

"그럽시다. 이리 가까이 오시지요."

시골 양반은 자기가 무식하기는 하지만 한양 양반들과 같이 시를 지어 보고 싶은 마음이 있었어.

"그러지유. 그럼 지가 먼저 글자 하나를 묻겄습니다. 수풀 림

林 속에 새 조鳥 자를 아시유?"

"수풀 림 속에 새 조 자라…, 음…."

한양 양반과 그 친구들은 아무리 생각해도 무슨 글자인지 알 수 없었지.

"그게 무슨 자요?"

"수풀 림林 속에 새 조鳥 자가 들어 있는 자는 빠시락 초 자유."

사돈과 친구들은 박수를 치며 말했어.

"저 양반이 저렇게 유식한가? 몰랐네그려."

기분이 좋아진 시골 양반이 또 말했어.

"다음 문제를 내겄습니다. 우물 정井 자에 돌 석石 자가 같이 있으면 무슨 글자일까유?"

이번에도 한양 양반들과 사돈은 무슨 글자인지 알지 못했어. 그러면서도 알 듯 말 듯 생각이 나지 않는다며 웅성거릴 뿐이야. 시골 양반이 의기양양해하며 말했어.

"글자깨나 배운 줄 알았더니 뭐 이런 것두 몰라유? 잘 들어봐유. 돌을 우물 속에 집어넣으니 텀부덩 할 것 아녀유. 그러니 텀부덩 정 자지유."

그 자리에 앉아 있던 사람들은 시골 양반의 지식 자랑에 한바탕 웃고 말았지. _ 청주시 탑동

5-6. 소경의 깨진 꿈

어느 날 소경이 지팡이로 땅을 쿡쿡 찌르면서 더듬더듬 걸어가고 있었어. 한참을 가다 보니 지팡이 끝에 무언가 덜컥 걸리는 소리가 나거든. 소경은 '이게 뭔가?' 궁금하여 지팡이를 천천히 훑었어. 지팡이 끝에는 엽전 하나가 콕 찍혀 있었지. 그걸 알아챈 소경은 얼싸 좋아 상상을 한단 말이지.

'야, 이거 굉장히 좋다! 나한테 큰 복이로구나! 이걸 가지고 달걀을 한 개 살까? 그러면 그 달걀이 병아리가 되고 병아리가 커서 닭이 되면 알을 낳는단 말이지. 알을 열댓 개 낳으면 열댓 마리의 닭이 되는 거고, 햐! 그 닭이 또 알을 낳으면 닭이 수백 마리가 되겠네! 그다음엔 닭을 몽땅 팔아 암송아질 한 마리 사야겠다. 한 일 년이 지나 새끼를 낳는단 말이지. 그러믄 소 두 마리가 되네. 그놈이 새낄 낳으면 세 마리가 되구. 허허 자꾸 이렇게 불어나겠지!'

소경이 요리조리 따져보니 굉장한 장사거든. 소경은 혼자 실실 웃으며 신났어. 상상은 끝이 없었지.

'소가 많아지면 집안 살림도 좀 장만허구. 소 몇 마리를 팔아 집도 한 채 사구, 이 빠진 그릇도 버리구, 닳아빠진 옷도 버리구, 이왕이면 새 마누라도 얻으면 좋겄다. 그런데 작은마누라를 두면 큰마누라와 작은마누라가 서로 싸울 텐데 그 속을 어떻게 썩지? 에잇, 이 여편네들! 서로 싸워서 내 속을 썩이기만 해봐라! 이 지팡이로 까짓 후려 팰 테다.'

소경이 지팡이를 번쩍 쳐들어 냅다 패는 시늉을 했어. 그 순간 '쨍그랑!' 하며 그릇 깨지는 소리가 났지. 때마침 옹기장사가 쉬어 가려고 내려놓은 옹기 짐을 소경이 지팡이로 내려친 거야.

"아니 이놈의 소경이 왜 남의 옹기를 깨부시는겨? 이 옹기 값 죄다 물어내!"

화가 난 옹기장사는 펄펄 뛰었지.

공짜로 생긴 동전 한 닢으로 공상만 하던 소경은 옹기 값을 고스란히 물어주었대._ 단양군 매포읍

5-7. 홀아버지 장가보내는 게 진짜 효자지

옛날 영동 학산마을에 효자라고 소문난 사람이 있었어. 고을에 원님이 발령받아 오면 효자를 찾아내서 상을 주는데 매번 이 효자가 상을 탔지. 한번은 새 원님이 아전들을 불러 놓고 효자를 추천하라고 말했어. 이번에도 이 효자가 호명되어 원님과 만나게 되었지. 원님이 효자에게 물었어.

"네가 효자라고 들었는데, 부모에게 효도를 어떻게 하는지 말해 보거라."

"예, 소인은 어미가 죽은 지 10년이 되어 홀로 되신 아버지를 모시고 있습쥬. 그저 늙은 아비를 어떻게든 편하게 해드리구, 드시고 싶은 거 있다면 사다 드리구, 또 손자들 보며 소일하도록 하는 것이지 뭐, 별다른 효도를 하는 것이 읎어유."

효자는 겸손하게 얘길 했어. 그러니 새 원님이 또 물었어.

"그럼 네 어미가 죽고 10년간 네 아비는 홀아비로 지냈구나?"

"예, 그렇습쥬."

"저놈! 상은커녕 엎어놓고 볼기 좀 때려라. 제 에미가 죽은 지 10년이 됐는데 애비를 홀애비로 그냥 둬? 저런 불효가 있단 말이냐?"

이러고 엎어놓고 볼기를 때린단 말이지. 효자가 가만히 생각하니 참 억울하고 기가 막히거든. 상을 매번 타다 이번엔 볼기로 상을 대신 했으니 왜 아니겠어. 아파서 끙끙거리면서 집으로 돌아오고 있었어. 한편 늙은 아버지는 문을 열어놓고 아들을 기다리고 있었지.

'내 자식이 또 좋은 상을 타 가지고 오겠지.'

늙은 아버지가 싱글벙글 기다리는데, 아들이 설설 기어들어오면서 끙끙 앓는단 말이야.

"아이구, 너 이게 뭔 일이랴?"

늙은 아버지가 기겁을 하며 아들에게 물었어. 효자는 아버지에게 원님이 한 얘기를 그대로 전했어. 늙은 아버지가 무릎을 탁 치면서 말했지.

"야, 인제야 우리 고을에 명사또가 왔구나!"

늙어서 홀애비로 지낸다는 거 참 괴로운 일인가 봐. _ 영동군 학산면

5-8. 어리석은 소금장수

옛날 어느 시골 마을에 소금장수가 있었어. 소금장수는 매일 소금 세 짝을 소 등에 싣고 다녔지. 하루는 소금장수가 소금을 팔러 가는데 소가 비틀비틀하며 잘 걷지를 못하는 거야. 그걸 본 소금장수가 중얼거렸어.

'소가 힘든가? 이를 워쩐댜!'

곰곰이 생각하던 소금장수는 무릎을 탁 치며 말했어.

"아, 그렇지! 소에게 소금 두 짝을 실리고 내가 한 짝을 지면 소가 덜 힘들겄지!"

소금장수는 곧바로 소금 한 짝을 짊어지고 소 등에 번쩍 뛰어올라앉았어. 소는 전보다 더 힘을 못 쓰고 비틀비틀거렸지. 왜 아니겠어. 소금 세 짝도 무거운데 소금장수까지 소 등에 올라탔으니 당연하지. 소금장수는 비틀대는 소의 궁둥이를 때리면서 말했어.

"이놈의 소! 내가 한 짝을 나누어 졌는데 그래도 가들 못햐!"

소금장수는 소 탓만 하며 소 등에서 내려올 생각을 안 하더래._청주시 탑동

5-9. 해인사 중과 석왕사 중의 절 자랑

옛날에 합천의 해인사 가마솥과 안변의 석왕사 변소가 대단히 크고 높다는 소문이 났어. 그래서 그것 좀 한 번 봤으면 하는 사람들로 경남 합천 길과 함경도 안변 길은 늘 북적였대.

어느 날, 그 소문을 듣고 찾아가던 해인사 중과 석왕사 중이 고갯길에서 우연히 만났어. 두 중이 잠시 나무 그늘에서 쉬고 있는데 해인사 중이 석왕사 중에게 먼저 말을 건넸어.

"어느 절에 기시고계시고 우데어디 갑니꺼?"

"저는 안변 석왕사에 있는 중인디, 합천 해인사의 가마솥이 얼마나 큰지 구경 가는 질길입니다."

"나는 안변 석왕사의 변소가 억수로 높다는 이바구만 들었지, 한 번도 가보지를 못했심더. 얼마나 높기에 그렇게 소문이 자자한 건지 구경갑니더."

이렇게 말문이 열린 두 중은 길바닥에 털썩 주저앉아 서로 궁금한 걸 묻기 시작했어.

"그래 해인사 가마솥이 얼마나 큽니까?"

석왕사 중이 먼저 물으니 해인사 중이 대답했어.

"아이구, 그걸 우째 말로 다할 수 있습니꺼. 지난 동짓날 팥죽을 쑬 때에 상좌가 나룻배를 타고 죽을 젓다가 풍랑을 만났는데, 그 길루 우데를 갔는지 아직 돌아오지 않고 있습니더."

"아, 상당히 많이 큽니다그려. 동해바다 폭이나 큰 것 같소."

석왕사 중이 감탄을 하며 말하자 해인사 중이 자랑스럽게 말했지.

"우데요, 동해바다에 비해 클까만서도 큰 축은 가지요. 허허. 그런데 석왕사의 변소가 그리 높다카든데 얼마나 높습니꺼?"

"아이고 높다는 것이야 어떻게 말루 다 할 수가 있겠습니까? 지난해에 큰스님이 변소를 봤는디, 금년 삼월 삼짇날까지 그 똥 덩어리가 땅에 떨어지지 않았습니다."

"아이고야, 하늘보담두 더 높십니더."

"하늘에 비해 높을까만서두 높은 축은 가지요. 허허."

두 중은 서로에게 충분한 말을 들었으니 가서 본 거나 진배없다며 자기 절로 되돌아갔대. _ 청주시 탑동

5-10. 두 허풍쟁이

어느 날 한양 허풍쟁이와 시골 허풍쟁이가 길을 가는데, 한양 허풍쟁이가 먼저 말을 했어.

"아따 오늘 아척아침에 참 바람 세드라. 봉당뜰에 놔뒀던 맷돌짝이 휙 날려서 저 평안북도 평우재로 날아가더라. 내 그렇게 부는 바람 첨 봤네."

그 말을 들은 시골 허풍쟁이가 대꾸를 하는데,

"그까짓 맷돌짝 날려가는 바람은 대단치도 않네. 나는 문경 조령재에서 집떼미만 한 바우바위가 바람에 휭 날려 거미줄에 걸쳐가지고 덜렁덜렁 흔들리는걸 보고 왔네."

하더란 말이지.

시골 허풍쟁이의 말에 한양 허풍쟁이는 아무 말도 못하더래. _ 충주시 안림동

6부

굽이굽이 넘쳐나는 이야기 고개

6-1. 다자구야! 들자구야!

영주에서 소백산을 넘어가는 곳에 죽령 고개가 있어. 이 고개는 워낙 높고 험해서 도적떼도 많았지.

하루는 어떤 할머니가 단양 원님을 찾아왔어.

"저에게 죽령 도적떼를 잡을 좋은 계책이 있드래요."

"말해 보거라."

"저는 원래 양가집 아낙으로 남편과 두 아들이 있었드래요. 어느 날 도적떼가 들이닥쳐 저를 잡아가는 바람에 식구들의 생사를 알 수 없게 됐드래요. 도적들은 저의 원수래요. 며칠 있으면 죽령 도적 두목의 생일이니 크게 잔치가 열릴 거래요. 도적들이 술에 취하면 그때 잡으러 오드래요."

"언제 도적들이 술에 취하는지 알 수 있느냐?"

"걱정 말드래요. 제가 신호를 보낼 낀데 도적들이 깨 있으면 '들자구야!' 하고 술에 취해 자면 '다자구야!' 하고 부를 끼래요."

할머니는 단양 원님과 약속을 하고 되돌아갔어.

약속한 날이 가까워졌지. 그러자 할머니는 밤만 되면 산등성이에 올라 소리를 지르는 거야.

"다자구야! 들자구야!

도적들은 이상하게 생각했지. 하지만 집에 두고 온 두 아들을 그리워하기 때문이라고 여겼어.

드디어 도적 두목의 생일날이 되었어. 도적들은 술에 취해 깊이 잠이 들었지. 산등성이에 오른 할머니는 크게 소리쳤어.

"다자구야! 다자구야!"

이 신호를 받은 단양 원님이 군사들을 이끌고 들어와 자고 있던 도적들을 모두 잡아갔어. 이후로 소백산 죽령을 넘어가는 사람들은 도적 걱정 없이 안심하고 다닐 수 있었지. 사람들은 모두 할머니 덕분이라고 생각했지. 그래서 다자구 할머니라고 이름 짓고 죽령에 산신당을 지어 주었어. _ 단양군 단양읍

6-2. 운 좋게 과거에 합격한 선비

옛날 어느 경상도 선비가 과거만 봤다 하면 낙제가 되고 낙제가 되고 그런단 말이야. 그러니 나이도 중년이 훌쩍 넘고 집안도 형편없이 되었지.

"내사마 고향에 갈 수도 읎구, 이 길로 죽는 수밖에 더 있나!"

죽기로 마음먹은 선비가 남산에 올라 절벽에서 뛰어내리려고 했어. 그런데 누군가 선비의 옷깃을 꽉 잡으면서 말했어.

"무슨 곡절이 있어 이러는 겐가?"

"별일 아닙니더."

"죽는 곡절을 말하면 살 방도도 있을 테니 얘기를 해봐라."

과객은 선비의 사연을 다 듣고 한 가지 방책을 일러 주었지.

"사흘 후면 또 과거가 있는데 한 번 더 보면 되지 않겠는가."

"아이고 뭔 소린교? 이틀 전에 과거가 끝났는데 사흘 후에 또 과거가 있다 캅니까? 있다 한들 또 떨어질 낀데…."

"내가 운자를 가르쳐 줄 테니 그날 과거를 봐라."

"운자를 우예 알려 준다 캅니까?"

"글자가 생각이 안 나면 하늘을 쳐다보거라. 소리개솔개가 공중에서 빙빙 돌 테니, 그걸 생각해서 소리개 연鳶 자라고 해라."

옛날엔 솔개가 많았거든. 이걸 가르쳐 준 사람이 바로 숙종대왕이었어. 사흘 후 정말로 과거가 열렸어. 선비가 들어가서 암만 생각해도 솔개 연鳶 자가 생각이 나야 말이지. 그래 하늘을 쳐다보니 솔개가 빙빙 돌고 있단 말이야. 마침 상시관이 물었어.

"저기 붙어 있는 글자가 무슨 자냐?"

"빙빙이 연 자입니더."

이 선비 또 낙제를 했지. 풀 죽은 선비가 문 밖을 나서는데 솔개 연 자가 생각났어. 하지만 이미 과거에 낙방했고 아무 소용이 없었지. 그때 어떤 젊은 초립동이가 나귀를 타고 과거장에 들어오는 걸 보았어.

'에이, 내 저놈이나 살린다.'

선비는 젊은 초립동에게 다가가 말했어.

"드가믄들어가면 글자가 멀어서 잘 안 뵐끼다. 우짜든동 니는 소리개 연 자라고 말하믄 된데이. 내사마 소리개가 빙빙 돌길래 빙빙 연 자라고 해서 낙제했다 아이가."

과거장으로 들어간 초립동에게 상시관이 물었지.

"저기 저 글자가 무슨 자냐?"

"경상도 말루 할까요? 윗녘 말루 할까요?"

"경상도 말로는 무슨 자고 윗녘 말로는 무슨 자냐?"

"윗녘 말로는 소리개 연 자요, 경상도 말루하면 빽빽 연 자입니다."

상시관은 초립동이 말이 맞는 것 같았어. 숙종대왕이 이 말을 듣고 선비와 초립동이 모두 과거에 합격시켰대. _ 영동군 상촌면

6-3. 울고 넘는 박달재에 얽힌 사연

옛날 경상도에 사는 박달 총각이 한양으로 과거를 보러 가는 길이었어. 날이 어두워지자 산속 외딴 집에서 쉬어가게 되었지. 그런데 주인집 금봉이 처녀를 보고 첫눈에 반한 거야. 박달 총각은 잠을 못 이루고 마당에 나와 서성였어. 금봉이 처녀도 마찬가지였지. 박달 총각의 늠름한 기세가 마음에 들었던 거야.

서로의 마음을 알게 된 두 사람은 언약을 했어. 박달 총각이 과거 급제를 하고 돌아오면 혼인하기로 말이야. 며칠을 금봉이 처녀와 지내고 박달 총각은 떠났어.

한양에 올라온 박달 총각은 자꾸 금봉이 처녀 얼굴만 떠올랐지. 결국 금봉이 금봉이 노래만 부르다가 과거에 낙방을 하고 말았어. 박달 총각은 면목이 없어 내려오지도 못하고 가지고 온 돈만 다 써 버렸어. 그러다 생각했지. '에라, 이리 된 바에야 금봉이나 한 번 보고 죽는 게 안 낫겠나.'

박달 총각이 금봉이 처녀의 집을 찾아왔어. 박달 총각을 본 금봉이 처녀 엄마가 울며 말했어.

"왜 이제야 오나, 이 사람아! 남덜은 다 내려가는디 자네만 안 보이니 우리 금봉이가 상사병이 나서 죽었잖은가!"

그렇게 보고 싶었던 금봉이 처녀가 죽다니! 박달 총각에겐 청천벽력 같은 소리였지.

며칠 동안 식음을 전폐하고 있던 박달 총각은 금봉이가 자기를 기다리던 고개에 올랐어. 울면서 금봉이 처녀를 불렀지. 그런데 이게 웬일이래! 그렇게 보고 싶던 금봉이 처녀가 안개옷을 입고 나타나 활짝 웃고 있는 거야. 박달 총각은 금봉이 처녀를 쫓아갔지. 그러다 그만 낭떠러지에 떨어져 죽고 말았어. 그후로 사람들은 박달 총각이 죽은 고개를 박달재라고 불렀대. _ 제천시 봉양읍

6-4. 문경새재 도둑 소탕 작전

옛날에 문경새재에는 도둑이 많았어. 새재는 새도 넘나들기 힘든 높은 고개라는 뜻이야. 이 고개가 얼마나 높고 험한지 굽이굽이 몇 굽인지 몰라. 도둑들은 고개를 넘는 사람들의 물건은 물론 목숨까지 빼앗았어. 그러자 관가에서 도둑들의 동태를 살피기 위해 군졸 하나를 미리 보냈어. 군졸은 문경새재에 있는 집들을 다니며 몰래 지켜보았지.

그러던 어느 날 산속 외딴집에 등짐을 진 장사꾼 여럿이 들어가는 것을 보게 되었어. 한밤중이 되자 주인 여자가 조릿대로 만든 고리짝을 들고 방에서 나오더래. 그러고는 고리짝을 비워 놓고 그걸 탁탁 두드리며 닭 우는 흉내를 내는 거야. 그 소리가 마치 닭 날개 치는 소리 같았지.

'꼬끼오~ 탁탁탁!'

날개를 치며 닭이 우니 장사꾼들이 일어났어.

"첫닭이 울어유."

옛날엔 첫닭 우는 소리로 새벽이 온 것을 알았거든. 장사꾼들은 깜깜한 밤이 새벽인 줄 알고 길을 떠났어. 고개를 넘어가니 웬 사내들이 시퍼런 칼을 가지고 기다리고 있었지. 사내들은 장사꾼들을 해치고 물건을 빼앗아 외딴집으로 들어갔어. 주인 여자와 사내들은 한패였던 거야. 이 도둑들은 사람들을 많이 죽였는데 그동안 관가에서 찾을 수가 없었어. 하지만 꼬리가 길면 잡히는 법. 군졸의 얘기를 들은 사또는 병사들을 보내 문경새재 도둑을 모두 잡아들였대.

문경새재 굽이마다 눈물이라는 말에는 이런 사연이 담겨 있어. _ 영동군 황금면

6-5. 한냥 고개 도둑의 실체

저 선비가 이름난 도둑?

옛날에 한냥 고개라는 작은 고갯길이 있었어. 그 길은 한양으로 가는 길이어서 숱한 과객들이 오고 갔지. 그러던 어느 날 한냥 고개에 도둑이 생겼어. 그런데 이 도둑은 모습을 보이지 않고 숲에서 말만 하는 거야.

"거기 한냥을 놓고 가거라."

매일 하는 것도 아니고 가끔 그런단 말이지. 돈을 놓고 가도 그만, 안 놓고 가도 그만이었어.

이 산에 살기가 힘든 사람들이 하나둘 모이기 시작했어. 그러다 보니 이 산 저 산에 여러 패거리가 생기게 되었지. 그중 한 패거리들이 회의를 했어.

"우리가 이렇게 모였는데 앞으로 어쩌면 좋겠는가?"

"사흘을 굶으면 도둑질 안 할 사람이 없다고 하는데 도둑질이래두 해서 살아야 되지 않겠소?"

근데 막상 도둑질을 하려고 해도 해봤어야 말이지. 그러니 배우는 수밖에.

"우선 저 한냥 고개의 도둑이 범상치 않다고 하니 그 사람을 두목으로 모셔오자."

그래서 힘 좋고 건장한 사람 몇이 과객 차림으로 한냥 고개를 찾아갔어. 선비 차림을 한 사람이 먼저 가고 나머지 사람들은 숲에 숨었지. 때마침 숲속에서 한냥 도둑이 말했어.

"거기 돈 한냥을 놓고 가거라."

선비 차림을 한 사람이 허리에 찬 엽전 꾸러미를 풀어놓고 도망쳤어. 숲에 숨어 있던 패거리들은 침을 한번 꼴깍 삼켰지.

'필시 생김새도 험하고 덩치도 큰 도둑임에 틀림없겠지! 잘못했다가는 도둑한테 혼이 날 텐데.'

이런 생각을 하고 있는데 숲속에서 한냥 도둑이 나왔어. 숨어 있던 사람들은 그만 깜짝 놀랐지. 아주 작은 선비가 유유히 걸어 나오더니 돈 한냥을 떡하니 집어 들고 고개를 넘어간단 말이야. 숲에 숨어 있던 사람들이 얼른 쫓아 나와 선비를 붙잡았어. 그러고는 자기들이 사는 산채로 끌고 왔지.

한편 선비 차림을 한 사람은 한냥 고개 도둑이 가던 고갯길을 따라갔어. 얼마쯤 가자니 조그만 초가집 한 채가 나오는데 아주

정결하거든. 그래 문을 열고 들어갔지. 방 안에는 호호 노파 한 분만 있는데 아무런 살림도 없고 책만 그득히 쌓여 있는 거라. 아주 한미한 선비집이었지. 한냥 고개 도적은 그 돈으로 노파와 연명을 하면서 살았던 거야. 나무 한 짐 사고 쌀 한 말 팔고 생선 하나 사면 그게 꼭 한 냥이거든. 그게 다 떨어지면 또 나가서 "거기 한냥 놓고 가거라" 했던 거지.

한 무리의 두목이 된 선비

한냥 고개 선비가 잡혀 온 곳은 산속에 있는 외딴집이었어. 선비가 주위를 한번 휘 둘러보았어. 수십 명의 사람들이 말도 않고서 자기 앞에 꿇어 엎드려 있는데 도둑질하는 사람들 같지 않거든. 선비가 말했어.

"당신들은 누구며 어째서 나를 여기루 업고 왔소?"

그러니 접장쯤 되는 사람이 나서며 말했지.

"우리는 장안에 살던 사람들인디 살 길이 맥히고 막연하여 여기 이렇게 모이게 됐구먼유. 산 목심목숨을 끊을 수도 없구 도둑질이래두 해서 살려구 하는디 도둑질도 배워야 하지 않겄슈. 당신이 참말로 범상한 도둑 아닌가벼유. 우리에게 도둑질하는 법을 좀 일러 주시유."

한냥 고개 선비가 가만히 듣고 보니 자기 신세도 신세지만 딱

하기가 그지없거든. 그렇다고 못한다고 해본들 믿지도 않을 테고, 그래 말했어.

"당신들이 생활을 꾸려 갈 돈이 조금 생기면 어떡할 것이오?"

"그라믄야 조그만 장사라도 하여 살아가지유."

"그러면 조그만 장사라도 할 수 있는 돈이 손에 쥐어질 때까지만 도와주겠소."

한냥 고개 선비는 그날로 무리의 두목이 되었어. 하루는 선비가 사람들을 불러놓고 말했어.

"이 중에서 까무개까마귀 우는 흉내 잘 내는 사람, 여우 우는 흉내 잘 내는 사람, 힘 좋고 잘 걷는 사람 한 명씩 나오고 장님 노릇 잘하는 사람 세 명 나와라."

무리에서 사람들이 나왔어. 선비가 까마귀 우는 흉내 잘 내는 사람을 불러 말했어.

"자네, 오늘 저녁에 양주 비선거리로 가게나. 그 안동네에 남정승 집을 찾아가 담장 옆에 있는 전나무 위에 올라가게. 그러다 삼경밤 열한시에서 새벽 한시이 되면 까무개마냥 울게."

옛날에 선정비선정을 베푼 관리가 고을을 떠날 때 마을 사람들이 세워 준 비석가 많은 곳을 비선거리라고 불렀어. 그런데 양주 비선거리 안동네는 온 백성이 초근목피로 연명할 때도 해가 뜨고 지는 것을 모를 정도로 훤하게 불을 켜 놓고 잔치를 했대. 모두 백성들의 피를 빨아서 호화롭게 지낸 거지 뭐.

까마귀 소리 잘하는 사람이 남정승 집 담장 옆에 있는 전나무에 올라갔어. 야삼경이라 동네가 고요했지. '까옥까옥' 얼마를 울다 내려왔어. 이튿날 아침에 동네 사람들이 물을 길으려고 우물가로 모였어.

"어젯밤에 까마귀 우는 소리 들었어?"

"들었지. 근디 워쩐 일이랴."

"글쎄…, 아마 무슨 조짐이지 싶어."

동네가 전부 이렇게 술렁거리기 시작했지. 사람들은 이상한 생각에 마실이웃에게 놀러가는 일에 놀러도 안 다니고 집에 들어앉았어. 그날 밤, 여우 흉내 잘 내는 사람이 온 동네를 돌아다니며 캥캥 울어댔어. 이튿날 아침에 우물가에 모인 사람들은 쉬쉬하며 물동이를 얼른 이고 들어갔지. 그러고는 대문을 꼭 닫아 걸었어. 귀신도 들어오지 못하도록 말이야. 사흘째 되는 날이었어. 사람들은 문을 콱콱 닫고 전부 방 안에 들어앉아 버렸어. 그때 길 잘 걷는 사람이 솔잎을 한 움큼 꺾어 내려왔지. 그러고는 솔잎에 동물 피를 묻혀 마을 곳곳에 뿌렸어. 마을이 온통 핏자국으로 가득했지. 아침이 되어 이 광경을 본 사람들은 너무 무서워 숨소리조차 내지 못했지.

그렇게 하루가 지나고 아침 해가 동구 밖에 훤히 떠올라 있을 때야. 소경 셋이 단장을 휘휘 내두르며 눈을 꿈벅꿈벅 하면서 마을을 지나간단 말이지. 그걸 본 남정승 집 하인이 남정승에게 달려가 말했어.

"대감마님, 시방 동구 밖에 판수점을 치는 장님 싯셋이 지나가는구먼유."

"그래? 빨리 가서 불러오너라."

하인이 달려가 장님 셋을 붙잡아 세웠어. 그러자 장님 노릇하는 사람들은 눈을 희번득 희번득 하며 말했어.

"아이구, 우린 점두 칠 줄 모르구, 경도 읽을 줄 모르는구먼유."

장님 셋이 아무리 말해도 하인은 막무가내거든. 서로 밀며 끌며 실랑이를 하면서 남정승 집으로 왔지. 장님들은 잡혀 온 촌닭마냥 덜덜 떠는 시늉을 했어. 방문을 열고 남정승이 말했어.

"요즘 마을에 상서롭지 않은 일이 있으니 그 길흉을 한번 풀어 보아라."

장님 하나가 덜덜덜 떨면서 말했어.

"예, 지로 말할 것 같으면 중년에 앞을 못 보구 하여 점두 칠 줄 모르구 경도 읽을 줄 모릅니다요."

"봉사치구 경을 못 읽구 점을 못 친 데서야 말이 되느냐? 그러지 말고 풀어 보거라."

그러니 장님 한 명이 다른 장님 옆구리를 쿡쿡 찌르며 말했어.

"점잖으신 양반이 저렇게 말하는데 니가 좀 풀어 보게."

이제 가짜 봉사 셋이 점치는 시늉을 했어.

선비의 꾀

마을 사람들은 봉사 셋이 점을 친다는 소식을 듣고 모두 몰려왔지. 남정승의 마당에 봉사 셋이 자리를 펴고 앉아 점을 치고 있었어. 한 봉사가 산통을 흔들며 말했지.

"이 슬픈 곽곽 선생은 감히 숨통 하소샤."

그러고는 쾌를 하나 뽑아 들며 말했어.

"야오난명夜烏亂鳴이라!"

그러니 옆에 있던 봉사가 풀이를 해주었어.

"밤 까마귀가 어지럽게 우는구나."

허허, 세상에 이렇게 딱 맞히는 점괘가 어디 있나? 남정승이 봉사 앞에 바싹 다가와 앉았지.

"옳지, 옳지! 알아야 판수점을 치는 소경가 아닌가. 자 그럼 얼른 다음 쾌를 뽑아 보거라."

장님 한 명이 또 산통을 흔들더니 말했지.

"야호난명夜狐亂鳴이라!"

밤에 여우가 어지럽게 울었다는 걸 맞힌단 말이지. 그것을 본 사람들 모두 용하다고 한마디씩 했어. 남정승이 말했어.

"안다, 알어. 어서 다음 괘를 뽑아 보거라. 어서!"

그러니 또 산통을 흔들며 괘를 뽑거든. 그런데 이번에는 장님이 눈을 희번득 하더니 지팡이부터 찾는단 말이야. 다른 두 장님이 말했어.

"아니 이 사람아, 왜 그랴? 워째 그러능가?"

"워떡하나 마나 가야겄네!"

"아 글씨, 왜 그러는가?"

"선혈흔적鮮血痕迹하니 전멸난멸全滅亂滅이라. 피 흔적이 있으닝께 말할 것두 없이 죽는다 이거여. 그러닝께 우리도 여기 있다간 큰 변을 당햐. 얼른 가세."

봉사 셋이 일어서려고 하니 남정승이 봉사들 손을 덥석 잡고서 놓아주질 않는 거야.

"마을에 흉조가 든 걸 알았으니 풀고 가야지 될 거 아니냐? 돈은 얼마든지 줄 테니 풀고 가라. 그렇지 않으면 절대 한 발짝도 못 간다."

남정승의 말에 봉사 하나가 곤란한 척하며 다른 봉사에게 말했지. "자네 경 읽을 줄 알지? 이렇게 간곡하게 말하는데 어찌 그냥 갈 수 있나!"

"내 경을 읽는 것은 쉬우나 한 가지 어려운 것이 있네."

남정승이 얼른 말했어.

"어려운 일이 뭔가? 내가 하라는 대로 다 할 테니 경만 읽어 주게."

"다른 게 아니구, 근방 백 리 안쪽에 억울하게 죽은 귀신이 다 모였어유. 귀신이라는 것은 쇳소리를 들으면 물러나지유. 사흘 밤낮으로 경을 읽어야 하는데 동네 사람 모두 쇳소리를 내야 해유. 쇠가 없으면 하다 못해 솥뚜껑이라도 두드려야 하는구먼유. 만약 쇳소리를 안 내는 사람이 있으면 그 사람에게 귀신이 달려들 거구먼유."

이 말을 들은 마을 사람들은 사흘 밤낮을 자지 않고 쇠를 두드렸어. 봉사 셋은 서로 돌려가며 앉아서 잠을 자는데 꼭 한 명은 경을 읽는 척 했지. 봉사가 자는지 안 자는지 누가 알겠어? 아무도 모르지. 나흘째 되는 날, 세 번 경을 읽은 봉사가 말했어.

"인저 귀신들 혼을 다 돌려보냈으니 아무 걱정 없다. 오늘 저녁부텀 맘 놓고 자시오."

아, 그러니 사람들이 그냥 그 자리에 주저앉아 잔단 말이야. 그날 저녁 산중에 있던 한 무리가 내려와서 남정승네 곳간을 홀딱 털어갔지. 바로 한냥 고개 선비의 무리였어. 훔쳐 온 물건을 나누어 주며 한냥 고개 선비가 말했어.

"자 이만하면 생계 밑천은 되니 내려가 잘들 사시오."

그 길로 사람들은 산을 내려왔대._ 청주시 사직동

6-6. 새색시로 둔갑한 여우

옛날 차나리 동네에 차씨가 살고, 새마을 동네에 연씨가 살았어. 두 집안은 서로 혼인을 하게 되었지. 연씨 아들이 차씨네 딸을 가마에 태워 고개를 지날 때였어.

"여기서 좀 쉬어 가유."

가마꾼들이 말했지. 고개 날망꼭대기에서 쉬고 있는데 새색시가 민망해하며 말했어.

"소피를 좀 봐야겠어유."

새색시가 가마에서 내려 오줌을 누러 가는데 묘가 많이 있는 거라. 묘 위에 큰 여우가 앉아 새색시를 쳐다보고 있더란 말이지. 오줌이 급한 새색시는 여우가 있는 쪽을 보고 오줌을 누었어. 오줌을 다 누고 돌아온 새색시가 가마를 타려고 하는데 자기와 똑같이 생긴 여자가 가마 안에 앉아 있단 말이야! 누가 봐도 똑같아 구별할 수가 없었어. 신랑은 할 수 없이 새색시 둘을 데리고 집으로 돌아왔어. 시아버지와 시어머니는 깜짝 놀랐지. 이름을 물어봐도 똑같이 얘기를 하고 얼굴을 자세히 뜯어봐도 똑같단 말이야. 이 소식을 들은 새색시 부모가 말했어.

"우리 딸 엉뎅이에 점이 있으니 엉뎅이를 보면 알 수 있을 거유."

새색시로 둔갑한 여우가 먼저 엉덩이를 까보였어. 새색시 엉덩이에 있는 점과 똑같은 점이 있었지. 도무지 구분을 할 수 없었던 시아버지가 말했어.

"둘 중의 하나는 분명히 여우가 둔갑한 것이니, 당장 고양이를 가지고 와라."

신랑은 고양이를 가지고 왔지. 고양이는 단번에 여우를 향해 툭 튀어 나갔어. 놀란 여우는 도망쳤지. 여우의 장난으로 맘고생이 심했던 새색시는 시부모 모시며 잘 살았대. _ 제천시 금성면

6-7. 농다리에 얽힌 슬픈 이야기

진천 어느 마을에 힘이 장사인 오누이가 있었어. 남매는 일은 안 하고 매일 힘겨루기만 했지. 그러던 어느 날 오빠가 내기를 하자고 했어.

"나는 나막신을 신고 황송아지를 끌고 개성까지 갔다 올 테니께, 너는 저기 내천에 다리를 놓는 거여."

"그려 좋아. 석 달 열흘 동안 먼저 하는 사람이 이기는 거고, 지면 죽는 거여."

오빠는 약속대로 개성으로 떠났어. 나막신을 신고 가기도 어려운데, 막 젖을 뗀 황송아지를 끌고 가기란 여간 힘든 일이 아니었지.

누이도 내기에 질세라 큰 돌을 부지런히 날랐어. 하늘의 별자리 28수를 따라 내천에 28칸의 돌을 놓았지. 누이가 거의 다리를 완성시킬 때쯤 엄마는 걱정이 됐어. 잘못하다간 아들이 죽게 생겼거든. 엄마는 함지박 가득 인절미를 만들어 이고서 딸에게 왔어.

"애야, 슥석 달 열흘간 을매나 고상했냐. 이거 먹고 혀."

딸은 게 눈 감추듯 인절미를 다 먹어치웠어.

"아함~ 배도 부르고 몸도 노근노근하니 잠이 솔솔 오네!"

배가 부른 딸은 자기도 모르게 잠이 들었어. 얼마나 피곤했는지 사흘 밤낮을 꼼짝없이 자더래. 그러는 사이 오빠가 도착했지. 마지막 돌 하나를 옮겨 놓지 못한 누이는 내기에서 지고 만 거야. 약속대로 누이가 죽자 사람들은 돌다리 건너에 있는 산잔등에 누이를 묻어 주었어. 그때부터 장마철만 되면 돌다리가 떠내려갈까봐 누이의 영혼이 엉엉 운다는 전설이 있어. 누이가 쌓은 이 돌다리는 천 년이 지난 지금까지 남아 있지. 그게 바로 농다리야.

그럼 오빠는 어떻게 되었을까? 누이의 죽음을 뒤늦게 후회한 오빠는 더 이상 힘자랑을 하지 않았지. 나라에 전쟁이 났을 때 그 힘으로 많은 적을 물리쳤대. _ 진천군 덕산면

6-8. 오근장이 된 이유

청주 삼봉장 마을에 분이라는 아가씨가 살고 있었어. 어느 추운 겨울날, 분이는 뒤뜰 장독대로 갔다가 깜짝 놀랐지. 장항아리 옆에 커다란 두꺼비 한 마리가 눈을 '껌뻑껌뻑' 하며 분이를 쳐다보고 있는 거야. 무슨 부탁이라도 하려는 것처럼 말이지.

"아이고 불쌍혀라. 이렇게 추운디…, 배고프지?"

분이는 얼른 부엌으로 가서 먹다 남은 누룽지를 한 숟가락 떼어왔어. "이거라도 먹어라!"

그날 이후로 두꺼비가 밥때만 되면 매일 부엌으로 찾아왔어. 그때마다 분이는 두꺼비에게 밥 한 숟가락씩 덜어 주었지. 그리고 추위에 얼어 죽지 않도록 장독대 옆에 굴도 파 주었어. 두꺼비는 그 굴에서 3년을 살았어. 몸집도 제법 커졌지.

그러던 어느 날 분이에게 청천벽력 같은 일이 생겼어. 바로 산제당산신을 모시는 당집에 제물로 바쳐지게 된 거지. 사실 이 마을

뒷산에는 산제당이 있는데 3년에 한 번씩 산 사람을 제물로 바쳐야 하는 풍습이 있었거든. 그렇지 않으면 마을에 큰 재앙이 생기기 때문이래. 오늘이 바로 분이가 산제당에 제물로 바쳐지는 날이야. 분이는 두꺼비에게 밥을 주며 눈물을 뚝뚝 떨어뜨렸어.

"너하고 3년을 살믄서 정 들었는데, 오늘이 마지막이구나! 내가 죽으믄 누가 너에게 밥을 줄까?"

얼마 후 사람들이 분이를 끌고 갔어. 산제당의 제물로 끌려온 분이는 너무 무서웠지. 혼자 남게 된 산제당에는 금방이라도 괴물이 나타날 것만 같았어. 이렇게 분이가 두려워하고 있을 때 산제당 천장에서 하얀 연기가 뿜어져 나왔어. 산제당 안은 금방 연기로 가득 차고 분이는 정신을 잃고 말았지. 얼마나 지났을까? 분이가 정신을 차려 보니 자기 옆에 커다란 지네와 두꺼비가 죽어 있는 거야. 두꺼비는 산제당 괴물인 지네와 싸우다 죽은 거였어. 사실 둘은 천적이라 지네를 물리칠 수 있는 건 두꺼비밖에 없대. 두꺼비는 분이에게 은혜를 갚으려고 지네와 싸운 거였어.

"두껍아, 네가 나를 살렸구나! 흑흑흑."

분이는 죽은 두꺼비를 껴안고 울었어. 그날 이후로 삼봉장 마을에는 산 사람을 제물로 바치는 제사가 없어졌대. 그리고 마을 이름도 분이의 이름을 따서 '오분장'이라고 불렀어. 사람들이 '오분장, 오분장' 부르다 '오근장'이 되었대. _ 청주시 탑동

6-9. 신립 장군의 죽음과 여인의 원한

조선시대에 신립 장군이 있었어. 신립 장군은 맨손으로 호랑이를 잡을 수 있을 정도로 용맹하고 활 솜씨 또한 훌륭했지. 어느 날 장군이 혼자서 사냥을 나갔을 때야. 사냥을 하느라 정신없이 산속을 헤매다 보니 날이 저물었지. 장군은 하룻밤 묵어 갈 집을 찾아다녔지만 쉽게 눈에 띄지 않았어. 그렇게 얼마나 지났을까? 장군의 눈에 깜박깜박 빛나는 불빛이 보였어. 그 불빛을 따라가 보니 외딴집 하나가 나왔지. 겨우 쉴 곳을 찾은 장군은 문을 두드리며 크게 소리쳤어.

"주인장 계시오. 날이 저물어 그러니 하룻밤만 재워 주시오."

그때 소복을 입은 여인이 문을 열고 나왔어.

"지송하지만 다른 집을 찾아 보세유."

"어허! 산중에서 겨우 찾은 집인데 다른 곳으로 가라니, 너무 야박하네그려!"

"그게 아니라…, 여긴 위험해서 그래유."

"그게 무슨 소린가?"

여인이 우물쭈물하며 말했어.

"며칠 전부터 밤만 되믄 귀신이 나타나 집안 식구들을 하나씩 잡아가고 있어유. 이제 지 혼잔디, 오늘밤에는 지를 잡아갈 거구먼유."

"그런 거라면 내가 꼭 있어야 되겠네!"

장군은 귀신을 잡아 주겠다며 여인의 집으로 들어갔어. 여인이 내온 밥을 맛있게 먹고 귀신을 기다리고 있었지. 자시子時: 밤 열한 시부터 오전 한 시쯤 되었을까? 휘파람 소리가 나더니 방문을 열고 귀신이 쓱 들어오는 거야. 그때 장군이 귀신에게 활을 겨누며 소리쳤어.

"너 이놈! 요망한 귀신 따위가 어째 사람을 해치느냐?"

귀신은 활을 겨누고 있는 장군의 모습이 너무 무서워 얼른 엎드리며 말했어.

"용서해 주세유, 용서해 주세유. 지는 그림 속에 살고 있는데 이 집 주인이 그림을 살구나무통에 가둬 놨어유. 그래 하도 답답하고 배도 고파 이런 짓을 저지르고 말았어유."

"그래? 어떻게 하면 이런 짓을 하지 않겠느냐?"

"예, 지를 통에서 꺼내가지구 좋은 곳으로 보내주시면 돼유."

"알겠다. 내 꼭 그리하겠다."

이튿날 아침 신립 장군은 살구나무통을 찾아내어 성대히 제사 지내 주었어.

여인은 장군 덕에 목숨을 구했다며 기뻐했지. 신립 장군이 산을 내려오려고 집을 나서자 여인이 길을 막았어.

"장군, 지 목숨을 살리셨으니께, 저를 데려가 주셔유."

"그럴 수 없소. 나는 이미 처자가 있는 몸이오."

신립 장군은 애원하는 여인을 뿌리쳤어. 산을 내려오는 내내 간절하게 장군을 부르는 여인의 목소리가 들렸지. 장군은 이상한 기운을 느꼈어. 뒤돌아보니 여인이 집에 불을 지르고 지붕에 올라가 장군을 부르며 타 죽었어.

신립 장군이 임진왜란 때 탄금대에서 죽은 것은 이 여인의 원한 때문이라고도 해. _ 충주시 상모면

6-10. 부인의 상을 당하면 무슨 말을 건넬까?

초상집에 가면 무슨 말을 할지 잘 모르잖아. 그래서 문상할 때는 정해진 말이 있었어.

남편 상喪을 당하면 "천붕지통天崩之痛: 하늘이 무너지는 것 같은 아픔을 당하시고 얼마나 애통하시오."

부인 상을 당하면 "고분지통鼓盆之痛을 당하시고 얼마나 애통하시오."

형제가 상을 당하면 "할반지통割半之痛: 몸의 반쪽을 베어 내는 고통을 당하시고 얼마나 애통하시오."

그런데 왜 마누라 상을 당한 사람에게는 '고분지통'이라고 말하는 줄 알아?

옛날에 장자莊子가 산모퉁이를 지나가는데 웬 소복 입은 여인이 새로 쓴 무덤에 부채질을 하고 있는 거야. 장자가 여인에게 물었지.

“왜 새 무덤에 부채질을 하는 거요?”

“네, 여긴 제 남편의 무덤입니다. 남편이 유언하기를 무덤 풀이 마른 뒤에 개가하라고 했습니다. 그러니 무덤 풀이 빨리 마르라고 부채질하고 있습니다.”

장자가 듣고 보니 기가 막히거든. 장자가 집에 돌아와 부인에게 물었어.

“내가 죽으면 당신은 어찌하겠소?”

“무슨 그런 섭섭한 말씀을 한단 말이오. 당장 당신을 따라 자결하고 말지.”

그날 저녁에 장자는 갑자기 배를 움켜잡더니 쓰러져 죽었어. 사실 아내의 행동을 보려고 죽은 시늉을 한 거야. 장자의 죽음 소식에 많은 문상객들이 왔지. 그중에 깨끗한 차림의 잘생긴 젊은 남자가 있었어. 미망인이 된 부인이 관을 잡고 통곡하다 젊은 남자를 보고는 울음을 뚝 그쳤지. 얼마 후, 젊은 남자가 일어서니까 장자 부인이 하룻밤 묵고 가라고 붙잡았어.

그날 밤, 젊은 남자가 갑자기 배를 부여잡고 뒹굴며 난리가 났어. 장자 부인은 어이가 없었지.

“아이고, 내 신세야! 며칠 새에 두 번이나 초상을 치르게 되다니! 여보시오! 무슨 약이 없소?”

“약이 있지만 구할 도리가 없을 거요.”

"말만 하시오! 내, 구해 오겠소!"

"사람의 골수요."

"됐소! 당신 살 수 있소! 하늘이 무너져도 솟아날 구멍이 있다고 했소."

장자 부인은 벌떡 일어나 도끼로 남편의 관을 쪼갰어. 그때 관 속에 누워 있던 장자가 기지개를 켜며 일어나는 거야. 얼마나 놀랐겠어. 너무나 창피했던 장자 부인은 목을 매고 말았어. 이번엔 장자가 진짜로 부인을 잃은 거지.

장자는 부인의 시체 앞에서 물을 길어 먹는 물동이를 두드리며 노래를 불렀대.

"지금까지 그대가 물을 길어다 밥을 해주었네. 당신이 가고 없으니 이 동이로 누가 물을 길으리. 누가 밥을 해주리."

이렇게 해서 '고분지통'鼓盆之痛: 물동이를 두드리며 슬퍼한다는 뜻이라는 말이 생겨났대.

지금도 부인을 잃은 사람에게 문상을 가면 이렇게 말하지.

"고분지통을 당해서 얼마나 애통하시오." _ 영동군 학산면

6-11. 궉씨가 만들어진 사연

청주 궉鴌씨의 시조는 원래 임진왜란 때 명나라에서 온 장군 궉 시영 어른이야. 그런데 청주 궉씨의 유래에는 신기한 이야기도 전해 내려오지.

옛날 영동군 상도대에 청상과부가 살았어. 화창한 봄날, 과부가 산에 올라 봄나물을 캐고 있었어. 정신없이 나물을 캐고 있자니 목이 말랐지. 과부는 바위틈에서 솟아나는 맑은 샘물을 한 모금 떠 마셨어. 그런데 그후로 과부의 배가 점점 불러오는 거야. 시집에서는 남편도 없는 과부가 아이를 뱄다고 난리가 났어. 과부는 억울했지만 할 말이 없었지.

열 달이 지나 과부는 아버지가 누군지 모르는 아들을 낳았어. 그러고는 기다렸다는 듯이 아이를 업고 황간 원님을 찾아갔지. 억울함을 풀어 보려고 말이야. 과부는 황간 원님이 현명하다는 소문을 이미 들어 알고 있었던 거지. 과부가 엎드려 말했어.

"지는 억울하구먼유! 지난봄에 나물을 캐다가 목이 말라 샘물을 마신 것밖에 없는디 외도를 했다니유!"

원님은 과부의 말을 한참 동안 곰곰이 생각하더니 말했지.

"들어보니, 이 아이는 하늘이 너에게 내려준 자식이지 싶다. 그렇다면 성이 있어야 하는데…, 혹시 네가 샘물을 마실 때 주위에서 본 것은 없더냐?"

"글씨유…. 새 한 마리가 하늘로 휙 날아가기는 했는디…."

"그래? 새가 뭐라고 하며 날아가드냐?"

"궉궉궉 했지유."

"됐다! 그러면 이 아이 성을 궉鴌가로 해라. 하늘 천天 밑에 새 조鳥가 있는 궉鴌가로 해라." _ 영동군 학산면

6-12. 뻐꾸기가 '떡꾹떡꾹' 우는 까닭은?

뻐꾸기가 '뻐꾹뻐꾹' 울 때 자세히 들어보면 '떡꾹떡꾹' 하는 소리처럼 들린대. 왜 그럴까?

옛날 어느 마을에 마음씨 착한 며느리와 못된 시어머니가 살았어. 시어머니는 집안일은 물론 농사일까지 모두 며느리에게 시켰지. 일을 하다 힘든 며느리가 조금이라도 쉴라치면 어김없이 시어머니의 불호령이 떨어졌어.

"그깟 일 좀 한다고 엄살을 부릴 작정이냐?"

며느리는 시어머니의 시집살이에 허리 한 번 제대로 펴지 못했지. 그러던 어느 겨울날이었어. 시어머니가 며느리를 불렀어.

"오늘 즘심점심은 떡국 한 솥 끓이구, 즘심 먹기 전까지 집안 청소랑 빨래 좀 해 놔라."

"네에? 그걸 다 말이에유!"

"놀믄서 그것도 못허냐! 즘심 먹기 전까지 다 해놔라!"

시어머니가 나간 후 며느리는 쉴 새 없이 움직였어. 청소하고 떡국도 한 솥 끓여 놓고, 우물가에서 빨래를 다하고 집으로 돌아왔지. 그런데 이게 웬일이래! 집에서 기르는 개가 떡국 끓여 놓은 솥을 싹싹 핥고 있지 않겠어! 그 순간 며느리는 간이 철렁 내려앉았지. "아이구 이놈의 개!"

급히 솥 안을 살펴 본 며느리는 그 자리에 주저앉고 말았어.

"아이고, 이놈아! 나는 어떡하란 말이냐?"

그때 시어머니가 부엌으로 들어왔어. 시어머니는 비어 있는 솥단지를 보더니 며느리를 매섭게 노려보았지.

"떡국 한 솥 끓이랬더니, 니 년 혼자 다 처묵었구먼!"

시어머니의 구박은 대단했어. 며느리는 아무 말도 못하고 모진 매를 다 맞았지. 너무 억울한 며느리는 시름시름 앓다가 죽고 말았어. 동네 사람들은 착한 며느리가 죽었다며 슬퍼했지. 며느리를 무덤에 묻는 날 새 한 마리가 무덤을 빙빙 돌며 울었어. 사람들은 착한 며느리가 새가 되어 넓은 하늘을 자유로이 날아다니는 거라고 말했어.

그런데 이 새소리를 가만히 들어보면 '떡꾹떡꾹' 한단 말이야. 또 날아갈 때는 '개개개개-' 하거든. 마치 떡국을 개가 먹었다고 얘기하는 것 같아. 그래서 사람들은 이 새를 '떡꾹새'라고 불렀어. 이 새가 바로 뻐꾸기야. _ 단양군 가곡면

6-13. 물새 주둥이는 왜 뾰족할까?

옛날 옛적에 물새 한 마리가 바위 날망꼭대기에서 냇가를 바라보고 있었어. 그때 냇가 근처에서 놀던 땅강아지가 물속에 빠졌지. 그러자 날랜 피라미가 땅강아지를 얼른 삼켜 버렸어. 물새는 땅강아지가 너무 딱했어. 그래서 재빠르게 물속으로 들어가 피라미를 물고 나와 주둥이로 쪼기 시작했어. 그랬더니 땅강아지가 팔딱 뛰어나오며 말하더래.

"이 피래미는 내가 잡았으니께 내 차지여."

물새가 어이가 없어 땅강아지를 내려보며 말했지.

"내가 아니면 너는 이미 죽은 목숨이여. 그런디 그걸 니가 차지한다고?"

"별말씀을, 내가 아니었으면 워떻게 이 피래미를 잡을 수 있었겠어? 그러니 이 피래미는 내가 차지하는 게 마땅하지."

땅강아지의 억지 말에 물새는 주둥이를 삐죽 내밀었어. 그러다 그만 물새 주둥이가 뾰족하게 되었지. 또 공것을 많이 바란 땅강아지는 머리가 홀딱 벗겨져서 대머리가 되었대. _청주시 탑동

6-14. 호랑이에게 원수 갚기

깊은 산중에 아버지와 아들 단 둘만 살고 있었어. 그런데 어느 날 호랑이가 아버지를 잡아갔지 뭐야. 아들은 결심했지. 아버지의 원수를 갚기 전엔 산을 떠나지 않겠다고 말이야.

어느 날이었어. 웬 젊은 여인이 울면서 아들을 찾아왔어.

"아이구! 이걸 워떡해유! 엊저녁에 호랭이가 아들을 물어 갔어유. 워디 가야 이놈의 호랭이를 찾는대유. 그래야 잡아먹든 내가 먹히든 하겄는디!"

"쯧쯧! 나두 아버지 원수를 갚으려구 여기 있는 거유. 좌우지당간 우리 둘이 심을 합쳐 이놈의 호랭이를 잡어 봐유."

그때부터 둘은 한 집에 살게 되었지. 여인은 아침만 되면 밖에 나가 도라지 같은 것을 캐 왔어. 그것으로 밥을 해 주고 술도 담아 주고 이런단 말이지. 그러니 아들의 힘이 장사가 되었지. 사실 그건 도라지가 아니고 산삼이었던 거야.

아들은 매일같이 호랑이를 찾으러 나갔어. 드디어 호랑이 굴을 찾았지. 아들이 소리쳤어.

"너 이놈 호랑이야! 우리 아버지 원수를 갚으러 왔다. 썩 나와 사생결단을 내자!"

"어흥~!"

집채만 한 호랑이 한 마리가 나오더니 아들과 엉겨 붙어 싸움을 했어. 한참을 싸워도 결판이 나지 않았지. 힘이 다한 아들은 다음을 기약하고 산을 내려왔어. 어떻게든 호랑이를 죽여 원수를 갚아야 하는데 당최 호랑이를 당할 도리가 없거든. 곰곰이 생각하던 아들이 여인을 불러 말했어.

"내가 호랑이랑 싸울 때 당신이 곁에 있다가 소리를 한 번 질러 줘유."

"소리유? 소리만 한 번 지르면 돼유? 그럼 그럭하지유."

다음 날, 둘은 호랑이 굴로 갔어. 아들과 호랑이가 맞붙어 싸움을 하는데 뭐 엄청나거든. 그것을 본 여인은 소리는 고사하고 기절을 했지 뭐야. 힘이 다한 아들은 여인을 업고 집으로 돌아왔어. 여인이 정신을 차리고 며칠 후 아들이 말했어.

"내일 다시 호랑이 굴에 갈 거유. 이번에는 꼭 소리를 질러야 해유."

"야, 이번엔 무슨 일이 있어도 그럭할게유."

둘은 굳게 마음먹고 호랑이 굴로 갔지. 겁이 잔뜩 난 여인은 몽둥이 하나를 들고 아들 뒤를 따랐어.

아들과 호랑이의 싸움이 벌어졌어. 엎어지고 젖혀지기를 수십 번. 공중으로 날아올랐다 내려왔다 하는데 둘 다 공중에서 싸우는 것 같거든. 여인은 또 기절할 지경이야. 하지만 이번 기회를 놓치면 안 되겠거든. 여인은 두 눈 딱 감고 몽둥이를 높이 쳐들어 있는 힘껏 뛰어올랐어.

"네 이놈, 호랭이야!"

순간 여인의 몽둥이가 호랑이 똥구멍을 쿡! 찔렀어. 자기도 모르게 뛰어오른 것이 호랑이 똥구멍을 찌르게 된 거지. 그 바람에 놀란 호랑이가 뒤로 벌렁 나자빠져 버렸어. 이 틈을 타 아들이 호랑이를 잡았지. 드디어 아들과 여인은 원수를 갚게 되었어. 이 인연으로 둘은 부부가 되었대. _ 청원군 남일면